新潮文庫

犬とハモニカ

江國香織著

新潮社版

10142

目次

犬とハモニカ

犬とハモニカ

アリルドは普段うつぶせで寝る。顔は右頬を枕《まくら》につけて左向き、両肘《りょうひじ》を身体《からだ》にひきつけて曲げ、手は左右とも胸の下に敷く。右脚はまっすぐ下にのばすのだが、左脚は腰から膝《ひざ》までを思いきり横に上げ、膝下は、自然に脱力して右脚と平行になる。

違う姿勢を試したこともあるのだが、寝ているうちに、いつのまにかこの姿勢に戻ってしまう。「大きな赤ちゃんみたいな恰好《かっこう》で寝るのね」大学に入学してすぐにつきあい始め、三カ月後に別れたガールフレンドには、そう言って笑われた。事実、彼は赤ん坊のころからこの姿勢で寝ることを好んだので、ガールフレンドの指摘は図らずも正しかったわけだが、赤ん坊のころのことを、無論本人は憶《おぼ》えていない。アリルドにとっては、寝るときの恰好など快適であればいいのであって、快適とはつまりうつぶせなのだった。

いまのようにそれが叶《かな》わない場合、次善の策として横向きになり（当然ながら右側が下だ）、ごわごわするブランケットを顎《あご》までひきあげ、その下で両脚を揃《そろ》えて曲げて、何とかすこしでも意識が薄れ、眠りに似たものにひき込まれるのを待つしかない。そして、それでもだめな場合は、諦《あきら》めることだ。肘掛けのボタンを手さぐりし、読書灯を点《つ》ける。光に目が慣れるのを待って、身を起こした。こんな狭い場所で、みんなよく眠れるな。アリルドは思う。静かすぎて、あるいは暗すぎて、エンジン音が耳についた。イヤフォンを耳にさしこみ、アメリカのヒットソングの流れるチャンネルに合せる。何度も読んで、背が白く割れたガイドブックをアリルドはひらく。日本に行くのははじめてだった。どこにある国なのかさえ、すこし前まで知らずにいた。

息子がたった一年で大学を退学してしまったときも、出会ってまもない女性――スウェーデンからの旅行客――と婚約――のちに白紙に戻した――したときも驚かなかった両親は、今度もまた驚かなかった。信頼されているのだと思いたいところだったが、実際は息子の落着きのなさに半ば呆《あき》れ、半ば慣れっこになっているのだとアリルドにもわかっていた。腰を据える、ということが、子供の時分から苦手なのだ。成績が悪いわけではないのに小学校に一年、高校に二年余分に通う羽目になったのもそのせいだった。

社会人ボランティア。それがアリルドの応募したプログラムで、具体的にはスキーを教えることになっている。スキーの伝授と、地域住民との交流。ヴェロニカ——というのがスウェーデン人ガールフレンドの名前で、結婚はとりやめになったが友人として、いまでもEメイルのやりとりがある——でさえ、「それはあなたにうってつけの仕事に思えるわ」と書いてきた（そのあとに、「無給でも仕事と呼べるならば」と続くところは、いかにも現実主義のヴェロニカらしいのだったが）。無給とはいっても、自費負担は飛行機代のみで、研修期間を含めた五カ月分、滞在費も生活費も支給されるのだ。それに、人生は金を稼ぐことがすべてではないはずだ、とアリルドは思う。

研修は、トホク地方のヤマガタで行われ、そのあとも、雪深い（らしい）トホク地方のどこかで、春まで生活することになる。けれどその前に、数日間東京に滞在して観光する予定だった。ニッポン。トーキョー。わくわくする響きではないだろうか。ほんの二センチ、こっそり窓覆《まどおお》いを上げると冷気を感じた。上体をかがめ、隙間《すきま》からのぞいてみたのだが、靄《もや》のようなものが、ただ白く流れているばかりだった。

窓覆いを下ろし、できるだけ音を立てないよう気をつけながら、アリルドは隣の席の客をまたいで通路にでる。これ以上坐《すわ》っていることに耐えられなくなったのだ。首をまわし、屈伸をする。それから通路を往復した。目的もなく、ゆっくり。うっかり背もたれにつかまってしまうと座席が揺れるので、つかまってしまわないように注意した。信じられないことに、その通路側の乗客は、全員寝ているようだった。映画もなし、パソコンもなし。そうやって、暗い通路を左右を確認しながら歩いていると、アリルドはふと、自分が客室乗務員になったような気がするのだった。

ハム！

思いだし、賢治は咄嗟《とっさ》にアクセルを緩める。自宅から、優に十分は走っていた。取りに戻れば三十分のロスになる。午後二時。妻と娘を乗せた飛行機が成田に着くのは午後四時十五分の予定で、荷物やら税関やらにかかる時間を考慮すれば、到着ゲートからでてくるのはどんなに早くても四時半、現実的に考えればもうすこし遅くになるはずで、引き返しても、まにあうことはまにあうわけなのだった。逡巡《しゅんじゅん》したのは一瞬だった。ハムは娘の気に入りのぬいぐるみで、今回の旅にも連れて行くと言い張ったのだが、体長一メートルはあろうかという巨大な代物《しろもの》なので、諦めさせざるを得なかった。「ハムは元気？ 夜はちゃんとベッドに入れてやってね」一度だけかかった国際電話でも、娘はそう言っていた。夜は、ではなくずっとベッドに置きっ放しにしていたのだが、ベッドではなく車の後部座席に、入れっ放しにしておくべきだった。一週間前、妻と娘を見送りに行ったときに、一度は積み込んだのだから。夜はちゃんとベッドに寝かせる、という娘との約束を、律儀《りちぎ》に（まあ、半分は）守った結果がこれだった。

ウインカーをだしていったん脇道《わきみち》に逸《そ》れ、元の道に戻って引き返す。たとえ多少遅れたとしても、娘をがっかりさせるよりましだ。

勤続十五年でもらえる休暇を利用して、学生時代の留学先だったシアトルに行ってきたい、と妻が言ったとき、勿論《もちろん》行っておいでと賢治がこたえたのは、まさか娘まで連れて行くとは思わなかったからで、けれど真理——というのが妻の名なのだが——は、どうしても娘を連れて行くと言い張った。娘に見せたいのだそうだった。かつて自分が暮した国や、街や、人々を。逆だろう、と賢治は思う。シアトルだかどこだか知らないが、ともかくその街に住む、賢治と出会う前の自分を知っている人々に、娘を見せたいのだろう、と。

賢治が妻に、離婚したいと告げられたのは、一年前のことだった。全く横暴な話で、浮気とか、暴力とか、セックスレスとか、何か納得のいく理由があるのならともかく、何もないのにただ一方的に、あなたという人間にもう我慢ならないのだと、妻は言うのだった。当然だが、賢治はそれを退けた。自分に非がないのに、責められるいわれはない。

自宅の前に車を停め、娘の部屋に駆けあがってぬいぐるみを抱えた。妻がしょっちゅう洗うので、ぬいぐるみは洗剤の匂《にお》いがした。

賢治は家族を大切にしている。周囲の誰に訊《き》いてもそう言われる自信があった。外資系の金融会社に勤める妻と、税理士として個人事務所を構える賢治は経済的にも安定しており、夏には毎年海や山へ娘を連れてでかけるし、月に一度は娘を両親にあずけて、夫婦で外食するよう心掛けてもいる。妻と娘が海外旅行にでかければ、こうして送り迎えまでしているのだ。

ぬいぐるみを後部座席に放り込み、ばたんと音高くドアを閉める。運転席に戻り、シートベルトを締めながら、唇からつい苦笑がもれたのは、すこし前に、妻が自分にこう言ったことを思いだしたからだ。「たとえばあなたの、ぶたのぬいぐるみにハムって名前をつけるようなグロテスクさがいやなの」

自分には非はない。もう何度も考えたことを、賢治はまた心の中で呟《つぶや》く。ほとんど呪文《じゅもん》のように。けれど妻との関係が、すでに修復不能なところまできている――というより、修復したいのかどうか自分でももうわからなくなっている――ことはわかっていた。妻にとって、今回の旅が単なる休暇旅行ではなく、決断のために必要な準備、もしくは彼女が必死で求めているらしい背中の一押し、であることも。

曇り空だ。さっきまで薄日がさしていたのに。時刻は二時二十七分。飛行機の到着には、余裕でまにあうだろう。

眠ろうとしても眠れなかったのに、着陸まであと一時間という段になって、ふいに眠気におそわれた。ほとんど垂直まで戻してしまった座席の背を、再び倒すというのもわずらわしくて、寿美子はそのまま目だけをとじる。機内には、ついさっき配られた軽食の、食べものというより温められた容器そのものの、匂いがまだ漂っている。普段なら不快かもしれないその匂いが、ふしぎなやすらかさとなって自分を包むのを、うとうとしながら寿美子は感じる。子供のころの朝みたいだ、と思った。自分で台所に立たなくても、他の誰かが食卓を調えてくれて、頼まなくても片づけてくれて。ぱたん、と乾いた音を立て、どこかで窓覆いが一つ上げられたのだが、寿美子の耳に、その音はもう聞こえなかった。

目をさましたのは、着陸の瞬間だった。機体が揺れ、身体に衝撃が伝わった。車輪が滑走路を滑る大きな音が響き、窓の外は曇った、灰色の成田だった。

あらいやだ。寿美子は窓にかじりつき、のっぺりしたコンクリートの空間と、リフトのついた作業車を見つめる。もうすこし上空から、日本を見てみたかったのだ。徐々に陸地に近づく感じを、味わおうと思っていた。

もう着いちゃった。寿美子は胸の内でひとりごちる。他の乗客が、慌《あわただ》しく身仕度を始める。シートベルトをはずしたり、頭上の戸棚から荷物をだしたり。寿美子はまだ毛布をかけたままだ。窮屈なのでシートベルトははずしたが、備えつけのくつ下とスリッパをはいたまま、降りたくないかのように、ただじっと坐っていた。べつに、降りたくないわけではなかった。急ぐ理由がないだけだった。三年前に入居した高齢者向きのマンションは、それなりに快適であるとはいえ、帰っても誰もいない。

ロンドンでは、ほうぼうへ連れて行ってもらった。美術館とか、パブとか、劇場とか。デパートで買物をしたし、孫の通っている幼稚園にも行った。たまたま、子供たちのアート・フェスティバルとかいうものの、開催日だったのだ。寿美子の見たところ、それは絵や工作の展示会と、歌や寸劇の発表会、それにピクニックのまざったもののようだった。ジョアンナとエイミー――というのが寿美子の孫の名前で、彼女らは双子だった――は、どちらもチョコレートの精というものに扮《ふん》し、全身茶色いバレリーナみたいな恰好をして、ひとことずつセリフを言った。

英国人男性と結婚した娘が、犬と双子と共に暮している郊外の家は、広くはないが庭もあり、客用寝室からその庭が見おろせた。訪れるのが二度目だったこともあり、寿美子は寛《くつろ》いで滞在することができた。車かバスに乗らないと、スーパーマーケットにさえ行かれないのは不便だったが、そういう場所だからこそ静かで、治安もいいのだという話だった。

娘一家は寿美子を歓迎してくれた。娘の夫は日本語を話せないのだが、オカーサンとアリガトウ、ドーゾとサヨナラだけは覚えていて、機会のあるごとに口にした。ジョアンナもエイミーもそれを真似《まね》て、頼りない口調で寿美子をカーサと呼んだ。カーサ。寿美子は、自分がカーサという名前の、べつな人間になったような気がした。

けれどそれらは、機内の通路に人々が行列して立っているいま、誰か他人の身に起きたことのように感じられた。あるいは嘘《うそ》のように。ほんとうは、誰の身にも起こらなかったことのように。

寿美子はスリッパとくつ下を脱いで、自分の靴をはいた。立ち上がり、のろのろと毛布をたたむ。イギリス時間のままになっている腕時計を見て、日本時間を計算すると、午後四時五分だった。定刻通り。

「ごめんなさい、その荷物を取っていただける？」

スーツを着てコートを腕にかけた、扉があいて列が進むのが待ちきれない様子の日本人男性に、寿美子は言った。年をとってよかったと思えることはあまりないのだが、他人に頼みごとをしやすくなったのが、利点といえば、まあ利点だった。

「ありがとう」

にっこりして寿美子は言う。そして、英国人は「サンキュー」と言えば「ウェルカム」とか「ナントカ」——ウェルカムとおなじ意味の言葉をもう一つ、今回の旅で覚えたのに忘れてしまった——とかこたえてくれるのに、日本の人は言葉惜しみして言わないわね、と考え、たった二週間、生涯二度目の海外旅行をしただけでそんなことを考える自分を、外国かぶれみたいで嫌だと思った。


へんな子だ。

母親に手をひかれて入国審査の列にならびながら、花音《かおん》は隣の列の男の子をじっと見つめる。その男の子が実際に「変」なわけではないことは、花音にもわかっていた。年は、おそらく自分とおなじか一つ上くらい（花音は七歳だ）、青い、シャラシャラした素材のスポーツコートを着て、マリナーズの帽子をかぶっている。なぜそれがマリナーズの帽子だとわかるかといえば、花音もきのう——それともあれはおとといと言うべきなのだろうか、飛行機のなかで眠ったから？　ともかく帰る前の日の午後に――、その球団のスーベニアショップに連れて行かれ、あやうく帽子を買われそうになったからだ。花音は「いらない」と言った。花音の通っている小学校にも野球帽をかぶっている子は何人かいるが、全部男の子だからだ。「似合うわよ」と、母親は言った。「恰好いいじゃないの、イチローとお揃いよ」と。

隣の列にならんでいる男の子に、もし多少変なところがあるとするなら、彼の家族が揃って大きな声の持ち主だということと、揃って大荷物だということで、男の子以外の全員が――母親との二人旅だった花音とは違って、彼は大家族で旅をしたようだった。両親と祖父母、それに親戚《しんせき》らしい長身の男性も一緒で、その全員が――、鞄《かばん》のほかに紙袋やビニール袋、紐《ひも》でしばった箱なんかを持っていた（長身の男性に至っては、そのほかにさらに、テニスラケットを二つ、脇にはさんでいるのだった）。

そういったあれこれは、でも勿論男の子のせいではない、と花音は思う。子供には、家族は選べないのだから。へんな子だ、と思って知らない子供をじっと見てしまうのは、いわば花音の癖なのだった。「興味があるのね」いつだったか、母親にそう言われた。「きっと、自分とおなじものだと思うのね」母親が父親に、そう言うのを聞いたこともある。けれど花音の〝感じ〟としてはむしろ逆で、ちがうものだ、と思うのだ。あたしとはちがうものだ、と。たしかに大人から見れば、子供は子供だというだけで同種の生き物なのだろうということは、花音にも理解ができた。けれど花音にとって——大人にはほんとうに気の毒だと思うけれども——、大人は数に入らないのだ。だって——と花音は思うのだが——、世の中には大人が多すぎる。大人だらけだと言ってもいい。それを全部数に入れたりしたら、わけがわからなくなってしまう。

列はどんどん前に進む。

「パパ、もう来てるかな」

花音は母親に尋ねる。父親が、車で迎えに来ることになっているのだ。ハムと一緒に。ハムは花音の気に入りのぶたのぬいぐるみで、ほんとうはアメリカにも連れて行きたかったのだけれど、大きすぎるという理由で、連れて行くことができなかった。なにしろ、ハムは花音より大きいのだ。等身大のぬいぐるみで、等身大というのは本物とおなじ大きさのことだと、ハムを買ってもらった日に説明された。

「でも、誰とおなじ大きさなの？」ぶたにだって大きいのも小さいのもいるだろうと思ったので花音は尋ねたが、はっきりしたことは両親にもわからなかった。

「そのはずだけど」

母親がこたえる。

「飛行機、予定より随分早く着いたから、もしかすると私たちの方がすこし待つことになるかもしれないわね」

と。

順番がくるまであと二人、というところで、新しい飛行機が着いたらしく、人がたくさん入ってきた。花音はうしろを向いて眺める。次々に聞こえる足音、すこしでも空《す》いている列につこうと分散してならぶ人々。一人のおばあさんと目が合った。真白な髪のところどころが紫色の、小柄なおばあさんだ。大抵の大人は、花音と目が合うとにっこり笑うか、そうでなければ見なかったふりをしてそっぽを向く。でもこのおばあさんはどちらもせず、隣の列――あの男の子とおなじ列だ。ずっとうしろだけれど――にならんだあとも、花音にひたと目を据えていた。花音も目をそらさなかった。すぐに順番がきて、係の人のいるブースの前に進みでなくてはならなかったが、ふり向くと、おばあさんがまだ自分を見ていることがわかった。いやな感じも、気味がわるい感じもしなかったが、おかしな感じがした。あんなふうに他人をじっと見てもいいのは、子供だけではないのだろうか。自分のように小さな、子供だけに許される行為ではないのだろうか。

「どうしたの？　行くわよ」

声と同時に母親の手が、花音の頭のてっぺんに置かれる。花音は前を向き、ブースの横の通路を抜けた。するとそこは建物の二階で、透明なフェンスごしに一階が見おろせて、人がうじゃうじゃいるのだった。

七つか八つ。寿美子は少女の年齢を、そう推測した。泣いてもぐずってもいなかったし、はしゃいで走りまわったり、癇癪《かんしゃく》を起こして奇声を発したりもしていなかった。

なるほど、あのくらいの年になれば海外旅行をしても大丈夫なのね。寿美子は思う。寿美子の双子の孫たちは、まだ一度も日本に来たことがない。娘の奈緒は、出産後も一度ならず里帰りしているというのにだ。「連れてくればよかったのに。あたしなんて、寛《ゆたか》やあんたが赤ん坊だったころから、抱いたりおぶったりして、寝台車で金沢のおじいちゃんちまで連れてったわよ」去年、帰国した娘に自分がそう言ったことを寿美子は憶えているのだが、今回ジョアンナとエイミーと二週間——湖水地方への小旅行は奈緒と二人ででかけたので、正確に言えば十日間だったが——起きふしを共にしてみると、これはやはり、長旅はまだ無理だろうと認めざるを得なかった。エイミーはすぐに泣くし、ジョアンナはしょっちゅう癇癪を起こす。それが互いに伝染するので、騒動が倍になるのだ。

いましがた見かけた少女は、全然そんなふうではなかった。ジョアンナとエイミーはいま五歳だから、あの少女が八歳だとしてもあと三年、七歳だとすればあと二年——。計算し、寿美子はむしろ慄然《りつぜん》とする。たったそれだけの年月で、あんなに大きくなってしまうのだろうか。あの少女は、ジャムのはさまったクッキーをたべても、手や顔をもうべたべたにはしないだろう。べたべたになった自分の手や顔を犬に舐《な》めさせて、くすぐったがって身をよじりながら笑ったりもしないだろう（一点の曇りもなく歓喜そのものの、あのけたたましい笑い声）。祖母の手ではなく指を握って歩いたり、チョコレートの精のセリフを祖母に覚えさせようとして、繰り返し耳元で——両側から——囁《ささや》いたりもしないだろう。「カーサにバイバイって言いなさい」と母親に促され、目に涙をためて「ノー」と憤然と、こたえたりもしないはずだ。

感傷的な気分に襲われたまま、係官にパスポートをさしだすと、写真と顔をおざなりに見較《みくら》べられただけで、すぐにスタンプがもらえた。寿美子はわずかに拍子抜けする。渡航目的くらい訊いてくれればいいのにと思った。孫に会いに行ってきたんです。そうしたらそうこたえたのに。双子なんですよ、と。イギリスの空港で質問されたときには、ほとんど何もこたえられなかった。英語だったからだ。でもここはもう日本なのだから、訊かれたことには堂々とこたえられる。寿美子は口をへの字にして通路を進み、階段を降りながら周囲に目を走らせる。JL402便の荷物は、どのレーンにでてくるのだろう。

あそこだ、と寿美子は素早く判断する。レーンの上の便名表示を見たからではなく、おなじ飛行機に乗っていた人間、寿美子の荷物を棚からおろしてくれた、無愛想な男の姿を見つけたからだ。

あら、お気の毒。そして思う。あんなに急いで飛行機を降りたのに、荷物のレーンはまだ動いてもいないじゃないの。

レーンには、ひきとり手のいない荷物が二つのっかっているだけで、その二つがぐるぐると、何周もしていた。アリルドは天井を仰ぐ。もう間違いはない。自分の荷物は、ここに来るまでのどこかで――おそらく経由地のフランクフルトで――迷子になったのだ。全くついていない。そう思ったが、悄気《しょげ》るのもばかばかしいので気持ちを切り替えることにした。金も、パスポートも、ガイドブックもバックパックに入っている。荷物もいずれ見つかるはずだ。

隣のレーンには大勢の人がいて、ちょうど荷物が出始めたところだ。子供じみたことだとわかりながらも、ごく普通に自分の荷物を手にする人々を、アリルドはうらやましく思った。

すこし離れた場所に、制服姿の警備員が立っていたので、つかまえて尋ねたところ、フロアの右奥を指さし、向うに専用のカウンターがあるからそこに行くようにと言われた。警備員は、近くで見ると意外なほど若く、肌が子供のそれのようにつるんとしていて白かった。にこりともせず、アリルドの顔を見ずに話すので、なんとなく不気味で、もしかするとカラテの達人か何かかもしれないと思った。礼を言い、カウンターに向って歩きながら、遠い国に来たなとしみじみ感じた。空港の造りは世界中似たり寄ったりだし、事実ここもアリルドのよく知っている北ヨーロッパのあちこちの空港と、大きな違いはなく見える。けれど飛行機を降りてすぐに感じたオリエンタルな匂いは、故郷から遠く離れてしまったことを、不安と共に思い知らせるのに十分だった。

カウンターのなかにいたのは中年の男性だった。浅黒い肌に深く皺《しわ》が刻まれている。練習した日本語――「スミマセン」もしくは「コニチワ」――を試してみようかと一瞬だけ迷ったが、男性の疲れたような表情を見て、その考えはひっこめた。荷物がでてこないのですが、と英語で言うと、男性は便名を尋ね、手元の紙と時計を見較べてから、遅れてでてくる場合もあるので、次の便の荷物がでるまで、戻って待つようにと言った。それでもでてこなかったら、もう一度ここに来るように、と。

「オーケイ」

アリルドはこたえた。逆らっても仕方がない。歩きながら、ジーンズの尻《しり》ポケットからスヌースの缶をとりだし、中身を一つ口に入れる。ニコチンの苦味が、安心感となってゆっくり全身にひろがる。湿った紙だ、と、そのときふいに思いあたった。飛行機を降りてすぐに感じたオリエンタルな匂いは、湿った紙のそれに似ていた。

携帯電話を耳にあてたまま、遠藤森也《しんや》は眉《まゆ》をひそめる。隣のレーンにいる大家族が騒々しすぎて、録音メッセージがよく聞きとれなかったからだ。もっとも、森也にとって重要な人間は皆、森也がきょうまで出張中であることを知っており、電話を寄越すはずもなかったから、録音された三件は、いずれもさして重要ではなく、どちらかといえばわずらわしい類《たぐい》の連絡だったのだが。

それにしても騒々しい一家だ。地声の大きいじいさんが、怒った口調で「やすおさん」について まくし立てたかと思うと、スポーツコートを着た小学生が、かん高い声で「ロジャー」について、しつこいほど何度も家族の誰彼に尋ね、母親はといえば、「こうちゃん、あれ、あれ」とか、「パパ、早く」とか耳障《みみざわ》りに甘ったるい口調で叫んでは、荷物を指さすのだった。重量オーバーではないのか？ と思うほど荷物の多い一家で、カート三つが、すでに満杯になっている。

森也は一家から離れ――ただし免税店の袋をのせた、自分のカートはその場に置いたままにした。荷物のでてくる口に近い、森也としては譲れない位置だったから――、自宅に電話をかけて、無事に帰ったことを妻に知らせた。会社に寄らなくてはならないので夕食は要らないことと、でも何とかして子供たちが起きているうちに帰るつもりであることも。レーンが動き始めたので、次に打ったメイルは短いものになった。

帰ったよ。いま荷物を待っているところ。

送信し、一分もしないうちに電話が振動した。

寿美子を呆れさせたのは、男が浮気をしているらしいということではなかった。妻にとっては一大事だろうが、この男が誰と情を通じていようと、寿美子は痛くも痒《かゆ》くもない。どうかしている、と思うのは、公共の場での自制心の欠如、男の臆面《おくめん》のなさだった。周囲にこれだけ人がいるのに、自分の声が誰にも聞こえないとでも思っているのだろうか。一本目の電話はそっけなく、あっというまに切ったくせに、男はいまやふやけたような顔をして、急ぐふうもなく相槌《あいづち》を打っている。無論、寿美子には相手の声は聞こえないのだが、男の返答があまりにも愚直なので、会話の内容が容易に推測できるのだった。たとえば電話をとって一言目に、湿った声音でもったいぶって「ただいま」と呟いたのは、相手が開口一番「おかえりなさい」と言ったからに違いないのだし、そのあといかにも嬉《うれ》しげに、それでも一応低めた声音で「俺もだよ」とこたえたのは、会いたいとか淋《さび》しかったとか、言われたからだろうと知れた。「七時だったよね、うん、まにあうと思う、すっとんで行くから」と言いながら腕時計を見たのは今夜の約束の確認だろうし、唐突に笑い声を上げ、「ばかだな、ちゃんと帰ってきただろう?」と言ったのは、相手が甘ったれた言葉を口にしたしるしだろう。

まるわかりじゃないの、みっともない。寿美子は胸の内で断じたが、同時に、男の顔から目を離せずにいる自分に気づく。あんなに嬉しそうな顔をして――。機内で見た仏頂面《ぶっちょうづら》と、おなじ人物だとは思えなかった。最初に抱いた印象よりも、いくらか若いようでもあった。四十代の半ばだろうか。倫理に適《かな》うことかどうかはべつとして、男が電話の相手によって、血の通った人間らしい表情を取り戻したのは確かだ。寿美子は男の若さに、かすかな嫉妬《しっと》を覚える。今夜自分を待っていてくれる人が、この男にはすくなくとも二人いるのだ。誰かに必要とされたことが、かつて寿美子にもあった。あったが、それがどんな気持ちのものだったのか、思いだそうとしても思いだせなかった。

「すみません」

うしろから声をかけられ、ふり向くと、若い女が立っていた。

「あの、ちょっとだけこの荷物を見てていただけませんか。すぐに戻ってきますから」

「構いませんよ」

寿美子はこたえ、有名ブランドのロゴが一面に配された、巨大なボストンバッグののったカートを一瞥《いちべつ》する。突然奇妙な音が響いて、寿美子は思わず首をすくめた。

女は気にするふうもなく、

「ありがとうございます。すみません、ほんとうにすぐ戻りますから」

と言い置いてどこかに行った。音は止《や》まず、見ると丈の長いコートを着た男の子が、ハモニカに思いきり息を吹き込んだり吸い込んだりしているところなのだった。

係員の指示通り、アリルドは待った。便名表示がLH7228からJL402に変り、最初の荷物がでてくるまで忍耐強く。カウンターにひき返し、さしだされた書類に必要事項を記入し終えると、ビニールでできた小さな手提げを渡された。荷物は、見つかり次第無料でホテルに届くということだった。無料で、の意味がわからず、訊き返すと、配達料のようなものはかからない、と説明され、あたりまえだろうと思った。上々とは言えない滑りだしだが仕方がない。トラブルも旅の醍醐味《だいごみ》だと考えることにした。次の課題は、リムジンバス乗り場を見つけることだ。アリルドは足を速め、渡された手提げの中身をざっと調べた。白いTシャツが一枚、ハブラシとハミガキ、デオドラントバーが一つ。壁から何かがとびだしてきた、と思うと、その何かはアリルドの腰にぶつかって跳ね返った。結構な衝撃だった。

「おっと、ごめん、ごめん。大丈夫かい?」

とびだしてきたのは子供で、泣いてはいないが茫然《ぼうぜん》としている。

「大丈夫?」

アリルドはもう一度言い、しゃがんで子供と視線を合わせた。壁は一部が途切れていて、その先はトイレであるようだった。子供は何も言わない。怯《おび》えた表情でアリルドを見上げ、壁の奥に戻ってしまった。怪我《けが》をしたようには見えなかったが、そのまま立ち去るのも気がひけて、どうしたものかと迷っていると、すぐにまた、おなじ子供がでてきた。姉か子守だと思われる女の子と手をつないでいる。

「やあ、さっきはごめん。大丈夫かな」

他にどう言っていいかわからず、おなじ言葉をくり返した。英語では通じないかもしれなかったが、暗記した十あまりの日本語で、対処できる状況だとも思えなかった。アリルドがほっとしたことに、年上の方の女の子は英語ができるようだった。

「この子に言ってるの？」

流暢《りゅうちょう》な英語でそう訊き返せるほどに。アリルドは説明しようとした。たったいまここで彼女にぶつかってしまったこと、よそ見をしていた自分が悪かったのだということ。けれど説明の途中で、年下の子が口をはさんだ。アリルドには理解のできない言語で、短く。

「この子は大丈夫よ」

年上の子が言った。誇らしげに微笑《ほほえ》んでいる。黒いコートに赤い衿巻《えりまき》、ブルージーンズ。化粧けはなく、少女というより少年のような雰囲気だった。

「よかった」

アリルドは言い、年上の子をじっと見つめる。意図があってそうしたわけではなく、つい、というよりごく自然に、見つめてしまったのだった。

「ええと、まだ何か？」

尋ねられ、アリルドは肩をすくめた。


一体なぜ、親は注意をしないのだろう。苦々しく思いながら、森也はスーツケースをカートにのせる。自分の子供が騒音をまき散らしているというのに。第一、隣のレーンは荷物がすっかり出つくしているのに、あの一家がなぜいつまでも立っているのかわからなかった。まあ、もうどうでもいいことだ。森也はカートのレバーを下げる。税関に行列ができているのを見てため息をつく。

「ロジャー！」

ハモニカの騒音が止み、かわりにそう叫ぶ声が聞こえて、スポーツコートの悪ガキとその両親が、森也に向って突進してきた。

「まあ、犬」

おなじ飛行機に乗っていた老女が呟くのが聞こえ、悪ガキとその両親は森也の脇をすり抜けて、奥からでてきた係員の押す、荷台の周りに膝をついた。荷台には大きな檻《おり》がのっていて、檻のなかにはなるほど犬が、柵《さく》のすきまから鼻づらをのぞかせて閉じ込められているのだった。

「ロジャー！　ロジャー！」

悪ガキが興奮してくり返し、その場の誰もが檻に注目している。自分には関係がないと思うのに、森也も目を離すことができなかった。

犬！

母親に手をひかれたまま、花音は目を瞠《みは》った。檻からひきずりだされたそれは、真っ黒で、途方もなく大きい。落着きなく足踏みをして爪《つめ》を鳴らし、くんくん鳴いているのが聞こえたが、感心なことに吠《ほ》えはしなかった。犬は、あの男の子と両親にかわるがわるなでられたりたたかれたり抱きしめられたりし、すぐにまた檻に戻された。

「ありがとうございました」

母親が言っていた。

「いいのよ、全然構わないの」

おばあさんはこたえ、

「でもね、かわりというのも何だけど、あの黄色いカバンを床に下ろしていただける?」

と続けた。

「ええ、勿論」

母親は言ったが、実際に鞄を取って床に下ろしたのは、母親ではなくさっきぶつかってきた外国人だった。トイレからずっとついてきていて、花音には、母親がうんざりしていることがわかる。

「ありがとう」

おばあさんはにっこりして言い、外国人が何か外国語でこたえると、

「ああ、それ、それ」

と手をたたいて喜んだ。

「思いだしたわ、〝プレジャー〟」

花音が驚いたことに、外国人は突然日本語でドウイタシマシテと発音し、おばあさんをますます喜ばせるのだった。

到着ゲートの標示板を見上げ、賢治はUA875便が、定刻より三十分も早く着陸していることを知った。知ったが、だからといってどうすることもできない。妻の携帯電話は何度かけても電源が切られたままで、ということは、たぶんまだゲートの内側にいるのだろう。空のラッシュ時であるらしく、標示板の表示は次々に更新され、ひっきりなしに扉があいて、ぞろぞろと人がでてくる。五分待ち、十分待つ。ひょっとして、すれ違ったということがあり得るだろうか。何らかの電波障害で、賢治の電話が音信不通になっていたとか？ 夫の姿が見えないことに腹を立て、連絡もせずに電車かタクシーに乗り込んだとか？ 時刻はそろそろ五時になろうとしている。十一月の空は夜の色を帯び、ガラス戸の外につめたく暗くひろがっている。

花音の姿が見えたのは、引越しか？ と思うほど大量の荷物をカートに積み上げた家族連れが、子供の吹き鳴らすハモニカの音と共に通り過ぎた直後だった。

「パパ！」

歓声を上げ、駆けてきた娘を抱きあげたとき、妻がでてくるのが目に入った。三人連れだ。白髪の女性と親しそうに話しながら近づいてくる妻の横に、白人の若者がいる。若者が押すカートには、妻のボストンバッグがしっかりとのっている。

「お帰り。待ってたよ」

娘の頬に頬をつけて言いながら、賢治は妻の視線を何とか捉《とら》えようとした。

「ハムは？」

尋ねられ、

「車にいるよ」

とこたえて、娘を床に下ろす。妻は頑として、賢治と視線を合わせようとしなかった。

「ただいま」

賢治の胸のあたりを見ながら言い、カートから黄色いスーツケースを下ろすと、

「じゃあこれ、タクシー乗り場までちゃんと運んであげてね」

と若者に英語で指示する。白髪の婦人は花音に、

「さよなら」

と言ってにこにこしながら手をふると、賢治に小さく会釈《えしゃく》をし、若者を従えて出て行った。

「犬がいたのよ。すごく大きい黒い犬」

娘の言葉にはこたえずに、

「いまの誰？」

と妻に尋ねた。

「知らない人よ」

妻はこたえ、

「だからね、今度飛行機に乗るときには、ハムも檻か箱に入れれば連れて行けると思うの」

と、娘は言った。

外気には、オリエンタルな、湿った紙の匂いは感じられず、冬と排気ガスの、ありふれた匂いだけがした。がらがらと音を立てて他人のスーツケースをひきずりながら、アリルドは苦笑した。「母親よ」憤然とそう言い放ったあの女性は、一体幾つなのだろう。女の子だとばかり思っていたのに。「きみはこの子のお姉さん？」税関の列にならびながら尋ねると、彼女は思いきり目を見ひらき、形のいい眉を上げてみせた。侮辱されたと言わんばかりに。

「さむいわね。さむい、わかる？」

老婦人が、歩きながらアリルドを見上げ、ことさらはっきり発音した。わからなかったので首を横にふると、

「コールド」

と言ってぶるぶる震える真似をする。

「ああ、コールド。そうですね、コールド」

くり返すと、老婦人は満足そうにうなずいた。この人も、とアリルドは考える。この人も、七十歳くらいに見えるけれど実は百を超えていたりするのかもしれない。タクシーの乗り場につき、運転手がトランクをあけたので、アリルドはスーツケースを持ち上げて入れた。老婦人は、乗り込むや否《いな》や窓をあけ、「あのね」と言った。「きをつけて、いいたびをね」と。わからなかったのでまた首を横にふったの

だが、老婦人は意に介さず、「それからね」とさらに言葉を重ねる。「わたしのなまえはカーサというの。カーサ」

「カーサ」

聞きとれた単語だけを、アリルドは復唱した。

「そう、カーサ」

老婦人は照れくさそうな笑みを浮かべ、瘦《や》せた手をふって去って行った。

寝　室

薬剤師であり、五年越しの恋人でもあった古澤理恵と別れた夜、文彦は自宅の二階の洗面所で、鏡に映した自分の顔を子細に見た。なぜそんなことをするのか、自分でもよくわからなかったが、しっかりと見た。かつて確かに存在していたはずの、そしていままたそうであるはずの、理恵抜きの自分。ひさしぶりに会うその男が一体どんな人間だったか、思いだそうとするみたいに。

午前二時をまわっている。洗面台は清潔に保たれ、たったいま歯を磨いたところなので、チューブ入りの練り歯磨きの、湿布に似た匂《にお》いがしている。

別れ話は五時間にも及んだ。揉《も》めたというのではない。それどころか、二人でいつものようにたっぷりと食事をし、店を変えて酒ものんだ。

放心。これはほとんどそれだ、と文彦は思う。自分の人生から理恵がでて行ってしまったとはとても信じられない。悲しむことさえおそろしくてできない。

鏡のなかの男は、沈んだ顔をしていた。酒のせいで目が充血し、途方に暮れ、茫《ぼう》然《ぜん》としている。しかし造作そのものは、決して悪くなかった。肌にはつやがあり、目には（普段なら）物を見抜く力と澄んだ輝きがある。堂々と鼻すじがとおり、頰にもあごにも余分な脂肪はない。ゆるやかにウェーブのかかった豊かな髪は、白《しら》髪《が》まじりだが上手《うま》い具合に白髪がまとまって生えているので、すくなくともわびしくは見えない。

「あなたは美しすぎるわ」

理恵はしばしばそう言った。

「額のしわも、ものすごく独特な刻まれ方をするのよ。知ってた？　そのこと」

知らない、とこたえ、文彦は両の眉毛《まゆげ》をわざと滑稽《こっけい》なやり方で上下に動かして、額にしわを寄せてみせたものだ。理恵は笑った。

ほんとうだろうか。

ほんとうに、自分はきょう、理恵に捨てられたのだろうか。なにもかもが、あんなに自然だったのに。

いま、このおなじ家のなかには妻と娘が眠っている。

文彦は、ここ二年ほど、妻との離婚を幾度となく考えた。言いだすまでには至らなかったが、本気で幾度も考えたのだ。入籍にはこだわらないが、一対一で向い合いたい、と言う理恵に対し、文彦もまた、おなじ気持ちを強く持っていたからだった。

家のなかを整えることが好きで、クッションの位置やベッドカバーの折り返し方まで決め、家じゅうに家族写真を飾ることが趣味で、たとえば旅行に行きたいと言い、いざでかけると、旅そのものより写真の方が目的であるかのような、予定調和的物の考え方をする女である妻の裕子に、文彦はもはや何も望んではいない。

「冷えきってるっていうこと？」

いつだったか、理恵にそう訊《き》かれた。

「うん。冷えきっている」

正直にこたえたつもりだった。

「彼女はもう俺に関心がないんだ」

家族の話をするといつもそうであるように、理恵は可笑《おか》しそうに眉を上げてみせた。

「それは、あなたがすねてるということ？」

否定した文彦の頰に唇をつけ、

「もっとちゃんと冷やして」

と、理恵は言った。

理恵は特別な女だった。豊かな胸と、長い手足を持っていた。背が高く、ファニーフェイスで、仕事着の白衣がよく似合った。正直に言えば、黒くごわごわと縮れた髪の毛だけは文彦の好みに合わなかった。気の毒なほどきつく縮れて収拾がつかないらしいその髪を、理恵はつねにうしろで束ねていた。そっけない黒いゴムで、ぎゅうっと。

文彦の会社のそばの薬局で、理恵は働いていた。カウンターごしに何度か顔を合わせ、短い言葉を交わすうちに好感を持った。いま思うと奇妙なことではあるのだが、友達になれそうな気がした。仕事上の利害がからまず、カビの生えそうな遠い過去の共通点にしばられもしない友達というものが、文彦には一人もいなかった。

それで昼食に誘った。理恵は弁当を持っていた。文彦があっけにとられたことに、白地に柄のついたハンカチに包まれたその弁当を、理恵はいきなり奥の部屋からだしてきて、風邪薬やらのど飴《あめ》やらの入ったガラスケースのカウンターの上に、ことん、と音をたてて置いた。ハンカチの結び目に、箸箱《はしばこ》がななめにつきさっていた。理恵は、外にでるほどの昼休みはないのだと言い、六時半まで仕事があるのだと言った。そして、だから六時半からならば、「昼食」を一緒にしてもいい、と。

文彦は苦笑する。あれがすべての始まりだったのだ。

「昼食」は、すばらしく愉快なものになった。文彦は理恵を、夜景の見える中華料理屋に連れて行った。理恵はよく喋《しゃべ》り、よく笑った。文彦もまた、理恵に勝るとも劣らないほどよく喋り、よく笑った。まるで、この日のためにずっと言葉を学び、ここで話すべきことをストックするために何年も暮らしてきた、とでもいうみたいに。

料理にあわせて、ビールと白ワインと紹興酒《しょうこうしゅ》をのんだ。文彦も健啖家《けんたんか》だが、理恵もまた健啖家だった。

「信じられないわ」

別れ際《ぎわ》に、タクシー乗り場でそう言った理恵の笑顔を、文彦はいまも思いだすことができる。冬で、吐く息が白く、電飾がきらきらしていた。

「知らないひととごはんを食べて、それがこんなに愉《たの》しくて、こんなに笑ったなんて信じられない」

理恵はもどかしそうに言葉を選んだ。頬を上気させ、目を輝かせて、興奮さめやらぬ口調で。

別れ難かったし、そのときにはすでに服を脱いだ状態の理恵を渇望《かつぼう》していたのだが、その夜のすべてがあまりにも美しく完璧《かんぺき》だったので、そこに他の要素を持ち込みたくなかった。それでそのままタクシーに乗せた。子供じみたせつなさに身もだえしながら。

夜更《よふ》けの洗面所につっ立って、文彦は忽然《こつぜん》と、自分がもう永遠に元通りになれないことに気づく。この先を生きる甲斐《かい》がないことに。

理恵とのはじめての「昼食」の翌朝、文彦は目がさめてすぐに、理恵に会いたいと思った。携帯電話の番号を訊かなかったことに、そのときになって気づいた。それほど単純に、ひたすらに、理恵との食事を楽しんだのだ。

薬局に電話をしようと決めて、昼近くに会社にでると、理恵の方から先に電話をかけてきた。

「おかしいと思うでしょうけれど、もうあなたに会いたいの」

五年前の冬のことだ。文彦より十五歳年下の理恵は、あのとき三十一歳だったはずだ。

文彦はバスタブに栓をして、蛇口をいっぱいにひらく。裸足《はだし》のあしのうらに、タイルが固くつめたい。文彦の帰りが遅いので、この家では、他の多くの家庭のように、沸いた風呂《ふろ》が待っているということがない。文彦はシャワーですませるか、きょうのように自分で湯をためるかしなくてはならない。もう十年も前からこういうことになっている。文彦自身の望んだことだ。ぬるくなった残り湯よりましだし、風呂にでも人間にでも、待たれていると思うことは負担だ。

文彦と別れたいという理恵の決意は、文彦にとってあまりにも突然のことだった。考えられないし、耐えられない。

空や日射《ひざ》しや、木々や街の雑踏や、文彦をとりまく周囲のすべてが理恵の存在によって身近になり、色彩を鮮やかにし、瑞々《みずみず》しく生気に溢《あふ》れたものになった。世界がたしかに二人を祝福していた。若い一匹の動物になったように感じたものだ。

日々に手応《てごた》えがあった。生きていることを喜びだと思えた。

自分の人生にそんなことが起こるとは、思ってもいなかった。

文彦はテレビ局に勤めている。プロデューサーとして多少名を知られているし、その場限りの情事ならば、機会は幾らでもあった。文彦にとって、女の子たちと接することは仕事の一部だった。リサーチ。情報収集。何とでも言える。

妻でさえ、そういったことは理解しているらしかった。二十年間の結婚生活のなかで、一度や二度は文彦に浮気があったと考えているはずだ。話し合ったことはないが、おそらく。

現実はまるで違う。

はるかに遠くまで来てしまった。のろのろと洗面所に戻り、もう一度鏡をのぞきこんで文彦は思う。その目がじっと見つめているのは、しかしもう自分の顔ではなかった。

理恵とは肉体の合性もよかった。年齢を考えれば自慢したくなるほど、文彦は情熱的に快楽を貪《むさぼ》った。行為のさなかにも、理恵はよく笑った。のどの奥で転がすような、低く嬉《うれ》しげな笑い声。それを聞くと文彦もつい笑った。幸福すぎると笑いがこみあげてくるということも、この世には笑い声をたてながら睦《むつ》み合える相手がいるのだということも、文彦は理恵に教わった。

服を脱ぎ、風呂に入る。

文彦には、理恵といるときの自分だけがほんとうの自分だと思えた。理恵に会うのは多くても週に三日だったが、会えないときも、理恵のいる場所が――薬局であれアパートであれ――文彦の精神の居場所だった。妻と娘のいる、この家ではなくて。

湯はすこし熱すぎたようだ。年寄りじみた動作で、ゆっくりと身体《からだ》を沈める。息をつめて――。

一体なぜ、理恵は自分にこんな仕打ちができたのだろう。手足をのばし、文彦は考える。

「あなたは美しいわ」

返事に窮し、困惑するほどしばしば理恵はほめてくれた。甘やかな声で。実際、文彦は理恵の口から不愉快な言葉を聞いたためしがない。それは、理恵が文彦に満足していたしるしではないのか。

「あなたには悪意というものがないのね」

うぬぼれるつもりではないが、理恵の言葉はたいてい正鵠《せいこく》を得ていた。

「あなたはとても物識《ものし》りね」

「あなたは正直ね。派手な職場にいて、一見遊び人風だけれど実際には全然違う。あなたみたいに誠実なひとは見たことがないわ」

理恵のほめ言葉にはきりがなかった。お世辞を言う女ではなかったから、本心だったはずだ。でも、だったらなぜ、二度と会わないことに決めたなどと言えたのだろう。

「たまには欠点の方も教えてもらえるとありがたいね」

文彦が言うと、可笑しそうに理恵は笑った。そして、

「いま教えてあげたじゃないの」

と、言うのだった。

全身から汗がふきだす。バスタブから上がり、文彦はシャワーの下に立った。まず髪を洗い、顔を洗い、身体を洗う。くまなく。あれこれ妻が選んで買ってくる、石けんだのシャンプーだのを使って。空《むな》しさが心臓から他の臓器に――やがて手足

にまで――広がるのを感じる。二度と理恵に会えないのなら、身体を清潔に保つことに何の意味があるだろう。

理恵とはよく一緒に風呂に入った。一緒に風呂に入ることを好む女と好まない女とがいるが、理恵は好んだのだ。ことに旅先で、真昼に。

二人でほうぼうに旅をした。出張の多い文彦にとって、それは難しいことではなかった。理恵の旅費は、つねに文彦が負担した。理恵は身体一つで、北海道から沖縄まで、どこにでも文彦を追ってやってきた。

「会いたかったわ」

そう言って、抱擁をするために。

旅先でなくても、それはおなじことだった。この五年間、平均すれば週に二度の割合で、二人は逢瀬《おうせ》を重ねてきた。食事をし、性交をし、観劇にでかけ、酒をのんだ。

「会いたかったわ」

その度に理恵は言った。何年も離れていたみたいに。

文彦の仕事の都合上、会えるのは午後九時からだったり十一時からだったりしたが、理恵は気にしなかった。何時にでも、どこにでも、やって来た。

「私の仕事は定時に終るし、私には、仕事以外に大切なものはあなたしかないもの」

身軽なものよ、と言って文彦の首に腕をまわす仕種《しぐさ》や、頬に押しあてられる頬の感触、そのときに嫌でも目に入る、理恵の縮れた髪までも、思いだすと胸をしめつけられる。

理恵について、思いだすことは他にもたくさんある。骨ばった指に、金色の指輪を一つだけつけていたこと、酒のみのくせに、日本酒を二合以上のむと目が潤《うる》むこと、パンティストッキングと美容師が嫌いなこと、きわどい冗談が好きで、新しいものを仕入れると、嬉々《きき》として文彦に披露したこと。服より靴を重視すること。コンタクトレンズを着用していること。首に唇をつけると、くすぐったがって笑いだすこと。

バスタオルで身体を拭《ふ》きながら、文彦はため息をつく。

恋人であり、親友であり、世の中という孤立無援の場所を共に生きる同志である、と、文彦は信じていた。今夜まで。

「冗談だろう?」

まず、そう口にした。店のなかは暗く、テーブルには刺身の大皿がのっていた。

「ごめんなさい。冗談ではないの」

理恵は、真剣ではあっても辛《つら》そうではない顔をしていた。

「無理だね。理恵と別れることなんかできない」

怒ったような口調になった。動揺するまいと必死だった。理恵が微笑《ほほえ》んで、

「ショック死しちゃう?」

と訊いたとき、文彦は自分でもそれと気づかず安堵《あんど》して、

「うん」

と、肯定した。理恵は首を傾《かし》げ、探るような視線で文彦を見た。それから刺身を一つ口に入れ、

「おいしい」

と言った。文彦には理解できなかった。

「妻とは別れるよ」

そう言ってみた。なんとかして、理恵をひきとめたかった。理恵は悲しそうな顔

をした。

「嘘《うそ》じゃない。妻とは、別れる」

その言葉は、テーブルの上に発せられ、そのまま中空にとどまっているように思えた。行き場もなく。

理恵は微笑んだ。

「あなたは自分がどのくらい困ったひとか、わかってないのよ」

ほんの二秒。理恵はもう微笑んではいなかった。怒ったふうでもなく、あきれたふうでもない。ただ悲しそうな顔をしていた。

「賭《か》けてもいいけど、今夜わかるはずよ」

そしてそう言った。

「何が？」

まるで禅問答だ、と思いながら文彦は訊いた。

「あなたがどのくらい困ったひとか」

理恵はくり返し、刺身をもう一つ口に入れると、

「ほめてるのよ」

と、言った。

清潔な下着とパジャマとを身につける。キャビネットをあけ、マウスウォッシュを取って口にスプレーする。それは習慣だった。眠るだけなのになぜそんな必要があるのかわからなかったが、ともかくそれがこの家の決まりなのだった。

理恵に電話をしてみようか、と、考える。理恵なしでは生きていかれない、と、もう一度言ってみようか。今夜五時間言い続けたみたいに。

「もう会えないのかな」

最後にそう訊いたとき、理恵はあっさりと否定した。

「薬局に来れば会えるわ」

電話をしても無駄なことはあきらかだった。文彦は重い足どりで、妻の眠る寝室にひきあげる。理恵に、捨てられたというより裏切られた気持ちだった。

枕元《まくらもと》のあかりだけが一つついた寝室は暗く、冷え冷えとして静まり返っていた。なにもかもが、妻の好みを映して設《しつら》えられている。クリーム色の壁紙には渋い草色のストライプが入り、こげ茶色の家具——ベッド、チェスト、それに鏡台——をひきたてている。チェストの上には家族写真の入った額縁、鏡台の前には白い革張りの丸椅子《まるいす》。窓には薄緑色のタフタのカーテン。クリーム色の、毛足の短いじゅうたんは、いまは見えないが塵《ちり》一つなく掃除されているはずだ。空気のすべてに妻の匂いがした。

しかし、文彦の目に、それらは悉《ことごと》く今朝までのこの部屋の様子と違うふうに見えた。家具も写真も、布もその色も質感も、すべて知っているとおりだったが、同時にまるで違っていた。

はじめて見る場所のように思えた。あるいはおそろしくひさしぶりに見る場所のように。

文彦はつっ立って、平和な室内を眺めた。妻は文彦に背を向けて眠っている。文彦の位置からは、それはしかし布団《ふとん》が小さくふくらんでいるようにしか見えない。耳を澄ましたが、寝息さえ聞きとれなかった。静寂。

文彦は自分が、比類のない明晰《めいせき》さを取り戻したように感じる。理恵という眼鏡をかけて見ていた世界と、ここはまた何と違う気配をしていることだろう。

それはなつかしさなどではなかった。むしろ違和感、圧倒的なまでの新鮮さだった。見知らぬ女を見るような気持ちで、眠っている妻を文彦は見おろす。どんな装身具が好きなのか、日本酒を何合のむと酔うのか、どのくらいの頻度で美容室に行くのか、靴に対してどういう信念を持っているのか、まるで未知の女だ。

布団をめくり、文彦はほとんど緊張さえしながら――同時に不可解な感動がこみあげるのを感じながら――ベッドの、自分の側に身体をすべり込ませる。天井を見つめ、背中をもぞもぞと動かしたあと、小さく深呼吸をした。

あなたは正直ね。

理恵がひそやかに微笑んで、そう言う声が聞こえた気がした。

薬剤師であり、五年越しの恋人でもあった女を遠くなつかしく思いだし、別れてくれたことに感謝さえしながら、文彦は妻の背中に顔を埋めた。

おそ夏のゆうぐれ

雨が海面を打つ音、足指のあいだが濡《ぬ》れた砂になでられる感触、波と雨の両方をくぐってなお、あたたかかった男の身体《からだ》——。

思いだし、志那《しな》は不安にかられる。旅から戻って一カ月たつのに、記憶は細部まで鮮やかで生々しい。

あたしは世界から切り離されてしまった。

もう百遍も思ったことを、志那はまた思う。日曜日。窓を閉めきってエアコンをかけているので、部屋のなかは涼しい。週末を使って読むつもりで持ち帰った資料が、手つかずのままテーブルに放置されている。隅に置いた地球儀と天球儀（男からの贈り物）にはシーツをかぶせてあり、だからそれは滑稽《こっけい》なオブジェみたいに見える。あるいはかくれんぼをしている子供みたいに。この部屋のなかで、男と直接結びつくものを目にすることを、志那は極端に嫌う。それにしてもあの旅は――。その志那も渋々認めざるを得ない。それにしてもあの旅は甘美だった、と。

雨雲は恐《こわ》いほどの速度で移動していた。どうせ濡れるのだから泳ごう、と言いだしたのは男の方だったし、志那にも異存はなかった。しかしいざ海に入ると、波が荒い上に強すぎる雨足で視界がぼやけ、まつ毛を頬を唇を、顔じゅうを雨が流れた。雨音が激しすぎて、すぐそばにいるはずの相手の気配さえ感じられず、志那は一人ぼっちで灰色の海のただ中にいるような気がした。

するといきなり、背中からのしかかられた。おどろいたのと、手足の動きを妨げられたのとで、あやうく沈みそうになった。それでも、志那の喉《のど》からもれたのは笑い声だった。身体を回転させ、ほとんど立ち泳ぎになりながら、男の視線をうけとめた。無言の熱波を、そして唇を。

砂浜にあがると、屋根のある場所まで待つこともどかしく、波打ち際《ぎわ》で、首に腕をまきつけてまたキスをした。男の身体はあたたかく、唇もまたあたたかかった。

志那の肌も唇もつめたく、腕や胸にとり肌さえたてていたのだったけれども。雨はもう気にならなかった。こうして密着していれば、雨は自分たち二人の外側を、ただ流れていくだけに思えた。

濡れない場所に置いておいたバスタオルで身体を拭《ぬぐ》い、服を着た。軒下で煙草《たばこ》をふかしている男の顔を見た途端、志那は心細い気持ちになった。いまが過去になってしまうことを、承服しかねるのになすすべがない。時間に置いていかれそうな気がした。

「おなかがすいたね」

男が言った。午後一時。ホテルに戻って遅めの昼食にするのに、ちょうどいい時間だった。

あれは純粋な欲望だった、と、いまならば志那にもわかる。猛々《たけだけ》しいまでの、でも純粋な欲望だった。

「至《いたる》さんを食べたい」

文字通りの意味で言った。男は、おや、という顔つきをした。

「ちがうの」

あわてて、志那は説明した。

「ベッドに誘ってるわけじゃないし、キスをせがんでるわけでもないの。実際にあなたを食べて、消化してみたいの」

自分の言葉に自分でたじろいだ。おそろしいことを口走っている、という気持ちと、伝えたい、という気持ちとが、いっぺんにあった。

「だって、あなたを食べればあなたはあたしの一部になるわけでしょう？　そうすればいつも一緒でいられて、なにも恐くなくなると思うの」

男はおどろかなかった。煙草がけむいのか、目を細めて志那を見ていた。

「ああ」

ああ、そのこと、とでも言うようにあっさりと言い、煙草を携帯灰皿に押しつけて消すと、ポケットから赤い小さいものを取りだした。それが何であるか、志那は知っていた。折りたたみ式のポケットナイフだ。露店で買った桃をそれでむいてもらったことがあるし、間に合わせに買ったカーディガンのタグを切り離してもらったこともある。コルク抜きもついていて、便利な道具だなと思っていた。

軒下に立ったまま、ついさっき煙草に火をつけたのとおなじ無造作さで、男は自分の左手の皮膚を、薄く薄くそいだ。おや指の横から、手首の方向にむけて。

やめて、と、志那は言わなかった。飼主が餌《えさ》をくれるのを待つ犬のように、息をつめてただじっと待っていた。工作に熱中する少年のように、手元に集中している男を凝視しながら。

果てしないと思われるほどの時間をかけて、ゆっくりとそれはむかれた。半透明の、薄い皮膚。いましがたまで、男の身体の一部だったもの。

「まあ」

声がでた。志那が自分でもおどろいたことに、その声は弾んでいた。いいもの、おもしろいもの、おいしそうなもの、を見たときに、子供がぱっと表情をあかるくしてだすような声だった。

空中にぶらさげるような恰好《かっこう》で、男はそれを差しだした。差しだされるままに、志那は口をあけてうけとった。

思いのほか乾いた感触がした。そんなに大きなものではないのに咀嚼《そしゃく》しても溶けず、かみしめるとかすかに潮の味がした。海の風味が。

志那は、のみこんでしまうのは惜しいと思った。思ったが、のみこんだ。にっこりしてみせる。

「食べちゃった」

幸福な気持ちでそう言うと、男はまぶしいものでも見るように、志那を見ていた。

だから――。

志那は考える。だからあたしの身体の一部は至さんだ、と。

思いだすだけで幸福に圧倒されそうになり、スリッパをはいた足を意味もなく蹴《け》り上げた。ひとり暮しを始めて四年目の、小さいが日あたりがよくて気に入っているマンションの一室で。

誇らしく、輝かしい。ある種の食べものは心をつよくしてくれる。

けれどまた、同時に志那は怯《おび》えもする。一人の男に、こうまで溺《おぼ》れている自分に。いったいいつからこんなことになってしまったのだろう。

洗濯乾燥機がとまり、終了を知らせるブザーが鳴った。

たぶん誰にもわかってもらえない。

熱いほどふっくらとあたたかい洗濯物をたたみながら、志那は思った。両親も、何もかも打ちあけあってきた妹も、職場の友人も、学生時代の仲間たちも、きっと信じないだろう。志那が誰かをこんなふうに好きになり、その男のためなら何でもできると思っていることや、そのために世界から切り離されてしまったことを。

橋本志那は、子供のころから「万事スローモー」(志那の父親の言葉だ)だった。人見知りも激しく、外にでるより家のなかにいる方が好きだった。何よりも、未知のものや人を知りたいという熱意に欠けていた。執着することができないのだ。大人になってもそれは変らず、はじめて男性とデートをしたのは十九歳のときだったが、何度かデートをしているうちに何となくどうでもよくなって、会うのをやめて、それきりその人のことも忘れてしまった。

恋人と呼べるような相手がはじめてできたのは就職したあとだったが、そのときも、デートに肉体的な事どもが加わったというだけで、基本的には十九歳のときとおなじだった。ふいに、どうでもよくなってしまうのだ。淡白。冷静。マイペース。いまでも志那は、それを快適さの鍵《かぎ》だと思っている。

仲のいい友人たちのなかには、そんな志那を、消極的とか慎重とか臆病《おくびょう》とか、(たぶん叱咤《しった》激励のつもりで)形容する人たちもいた。けれど志那自身は、自分が消極的でも慎重でも臆病でもなくて、ただ億劫《おっくう》がりなのだと知っていた。誰かを心にすみつかせてしまったら、ありとあらゆる心配に心を乱されねばならない。都合のいいことにもてはしなかったし、かといって、悩まねばならないほど男性と無縁でもなかった（十九歳のときにデートをしたことがあるし、恋人と肉体関係を結んだこともある）ので、平穏に日々を暮らし、家賃と生活費、それにたまに映画を観《み》る遊興費、くらいは自分で賄《まかな》えるようになったところだった。

それなのに。

たたんだ洗濯物をすべて所定の棚なりひきだしなりにしまい終え、志那はため息をつく。

それなのに、こんなことになってしまった。

旅から戻ったあとも、志那と男は頻繁に会っている。きのうも一緒に食事をし、そのあとここに来て性交した。男は泊ると言ったのだったが、断ったのは志那だった。地球儀ならばシーツをかぶせてしまえるが、男そのものに、シーツをかぶせてしまうわけにはいかない。

一緒に旅をしたのははじめてだった。男とは、つきあいだしてまだ半年にしかならない。そして、それにもかかわらず、志那は純然たる欲望から、男をたべてしまったのだ。

男はおや指のつけ根あたりに、うっすらと血を滲《にじ》ませていた。

「すぐ再生するよ」

タオルを押しつけるようにしながら、そう言って笑った。

「細胞は日々生れ変るんだから」

でも、と志那は思ったのだ。でも、これはあきらかに怪我《けが》であり、欠損した部分はあたしの体内に収まったのだ、と。

一本の傘をさして、志那と男はホテルまで砂浜を歩いて帰った。雨は小降りになっていたが風がでていて、志那は髪までひえきっていた。腕をからめると、男の身体は依然として温かく、揺るぎがなかった。

熱いシャワーを浴び、結局ベッドを経由して、お昼ごはんを食べに階下におりた。お昼には遅い時間だったが、レストランはあいていた。ついでに窓もあいていて、雨に濡れたクチナシの花の、ものうげに甘い匂《にお》いが流れこんできた。たじろぐほど、濃く。

食事がすむと部屋にひきあげ、またベッドを使った。志那は天井を見ていた。内側も外側も、身体じゅう男でいっぱいになりながら、はじめて自分の感情をこわいと思った。

志那は「自分の城」のつもりのマンションを眺める。クリーム色のそっけないカーテン、実家から運び込んだ本箱。ストライプ（白地に茶色）のソファと、下北沢の骨董屋《こっとうや》で安く買った昭和二十年代の卓袱台《ちゃぶだい》。そういうもののすべてが、何だかどうでもいいように思える。いままで大切にしてきたもの、特別だと思ってきたものたちの、この色褪《いろあ》せ方はどうだろう。志那は男の顔を思い浮かべた。男の声を、目を、何か軽い冗談を言ったあとの笑い方を。そして思う。彼がいないと、世界は何てつまらないものに思えるんだろう。

午後五時。買物に行かないと、夕食の材料が何もない。洗剤をさっき使いきってしまったところだったし、ゴミ袋も残量がすくない。だし用の昆布も。志那はため息をつく。億劫でも、現実の日常に対処しなくては。

日やけどめを塗り、鏡の前で簡単な化粧をするあいだも、志那には現実感が稀薄《きはく》だった。どうして化粧をしているのかわからない。何をしていても、自分が芝居をしているような気がした。

ここに至さんはいないのに――。

暗澹《あんたん》とした気持ちで志那は考える。

ここに至さんはいないのに、あたしはつねに至さんの視線を意識している。彼に見守られているものとして、行動している。

それは甘やかではあるが、そらおそろしいことだった。

苛立《いらだ》ちがかすめる。こんなのはおかしい、と思った。ちっともあたしらしくない。志那にとって、孤独は誇りだったのだ。ごく小さな子供の時分から、ずっと。

おもては、大気にまだあかるさが残っていた。夕風が立っているとはいえ蒸し暑く、一日じゅうエアコンのきいた室内にいた志那の肌は、湿気をうけとめきれずに戸惑っている。まだ汗をかく態勢がととのっていない、と、肌の表面があわてだすのが志那には感じられた。

「むあっとする」

声にだして言ってみる。大気はあかるいが、遠くの空には雨雲もでていて、夕立ちがきそうな気配でもあった。

マンションの前の舗道を、歩き始めてすぐ足がとまった。二十メートルばかり先、新築された家の前に、女の子が一人立っていた。

小学校に入ったばかりより、すこしだけ大きな女の子だ。八歳くらいだろうか。志那の目には、そのくらいに映った。木綿の、こざっぱりしたワンピース、靴下ははかず、じかに運動靴をはいている。とても短い髪。痩《や》せっぽちで、浅く日にやけている。塀にもたれ、志那に横顔を見せる恰好で、女の子はただ立っていた。

なつかしい、と、志那は思った。何をしているんだろう、ではなく、あの新築の家に越してきた子かしら、でもなくて、なつかしい。それが、志那の思ったことだった。

似ているというのではなかった。子供のころ、志那はたいていいつも長い髪をしていたし、おもてで遊ぶことがすくなかったので生白い肌をしていた。

それでも——。

おそ夏のゆうぐれに、あんなふうに家の外に、何をするでもなく立っているときの心持ちには憶《おぼ》えがあった。

かつて、たしかにあんなふうに立っていたことがある。志那は小柄な子供だったが、身体の大きさとはおそらく何の関係もなく、自分の重みを持て余していた。重み――。けれどそれは、蝶々《ちょうちょう》のような重みだった。うすあおい空気にやすやすととけてしまいそうな、身軽な。あれは、でもたしかに重みとしか言いようのないものだった。自分が、世界にほんとうに存在している、ということに、まだ不馴《ふな》れだった。そのすこし前までは、体重など持っていなかったのだから。

何してるの、と通りがかりの大人に声をかけられても、こたえようがなかったことを志那は憶えている。とくに何かをしているわけではなく、けれど退屈もまたしていなくて、全身で、ただ存在していた。

手に、足に、感覚がまざまざと蘇《よみがえ》り、志那はおどろく。おそ夏のゆうぐれの、この色彩、この匂い。

金魚の絵のついた如露《じょうろ》を、志那は思いだした。気に入っていた絵本を、ランニングシャツ姿の祖父を、当時住んでいた家のなかを、「に」が「にんぎょう」、「た」

が「たこあげ」だった木製の五十音の札の玩具《おもちゃ》を、しゃぼん玉液を作るのに使った食器用洗剤の色や匂いを。恋人も親友もなしに、そんなものを欲しいとも思わず、そこにいた自分を。

あと一時間もすれば、住宅地の空気は家々の台所や風呂場《ふろば》から漂いでる音や匂いに浸食されてしまう。生活の気配に。でもいまは、自然界の放埒《ほうらつ》の時間だ。雨雲と、昼の光の名残り、蒸し暑さ、木々の緑。野蛮で濃密で新鮮なゆうぐれが、志那と女の子を閉じ込めていた。

志那は忽然《こつぜん》と理解する。自分がいまも孤独であることを。世界に一人だけで存在していることを。そして、仲間だ、と女の子を眺めながら思う。彼女はそうは思ってくれないだろうけれど、あたしたちは仲間だ、と。風が、二人のあいだを時間みたいにゆっくりと流れた。

ひさしぶりに、自分の靴のかかとが軽快な音をたてるのを志那は聞いた。一歩ずつ、アスファルトにたんたんとあたる。

近づくと、女の子は志那を——無論、仲間としてではなく通りがかりの大人として——十二分に意識していて、見ていないふうを装《よそお》いながらちらりと見た。涼しく。

遠くから想像したよりも大人びた顔の子供だった。まつ毛が濃くて長い。女っぽいと言っていいような、はっきりと意志的な表情。

さらに近づくと、手に何か持っているのが見えた。白い、薄い、四角い箱だ。煙草の箱のように見えたそれがチョコレートだとわかったのは、彼女が反対の手に持っていたその中身を、一口かじったときだった。

志那はどきりとする。女の子の横顔も仕種《しぐさ》も、海辺で恋人の皮膚をうっとりとのみこんだ志那自身を、まざまざと思いださせたからだ。ある種の食べものは心をつよくしてくれる。

すれちがったあとになって、チョコレートの甘い匂いが漂った。ちょうど、白い花をたくさんつけたクチナシの木を、風が揺らしたあの午後のように。

ピクニック

土の匂《にお》いが濃い。みずみずしい緑色の芝生も、まだ誰にも踏まれたことのない物特有の、怖いもの知らずなとがり方で日々丈をのばしている。世界に挑戦するみたいに。

僕は手をのばし、その芝生に触れてみる。固いのに、やわらかい。官能的な手ざわりがする。こんなに晴れて、春というにはまだ肌寒い、空気の乾いた真昼だというのに、それは湿っている。手のひらを動かし、草の先端にくすぐらせる。子供のころ、床に置いたそろばんを軽く踏んで、蹠《あしうら》で珠《たま》を転がしてみたときのように。

Tickle——。芝生の上で、力を入れずに手を動かしながら僕は思う。日本語に置き換えるには、どんな語が適当なのだろうか。くすぐったい、というよりも、もうすこし乱暴なこの感触は。

僕の手の下の芝生は、ほんの数センチずれていたら踏みつぶされていたことを知らない。白地に赤と青のストライプの入った、僕らの敷物の下に。

杏子《きょうこ》も僕も、膝《ひざ》に毛布をかけている。戸外で昼食を摂《と》るには、おそらくすこし早すぎるのだ。日曜日。しかし僕らは、自宅から徒歩五分のこの公園に、今年二度目のピクニックに来ている。冬になり、芝生がすっかり枯れてしまうまでに、二十回はおなじことをくり返すだろう。去年もそうだったし、おとどしもそうだったのだから。

大小さまざまな密閉容器には、サンドイッチ、ゆで玉子、カレー粉で炒《いた》めたカリフラワー、トマトで煮込んだ挽肉《ひきにく》の団子、などが詰められて、ならんでいる。ポットも二つあり、一つにはコーヒーが、もう一つにはコーンスープがつめられている。

「おいしい?」

僕がカリフラワーを口に入れると、杏子が尋ねた。

「うん。おいしい」

こたえると、ほっとした顔で微笑《ほほえ》み、

「よかった」

と、その小さな安堵《あんど》を言葉にする。まるで、手料理を僕に食べさせるのがはじめてのことであるみたいに。彼女は、物事に決して慣れないのだ。

「いいお天気ね」

真上を見上げて、言う。その白い細い喉《のど》を、僕もまた、見慣れないもののように眺める。異様な、不気味な、他人の肉体の一部として。きっと、僕と杏子は仲のいい夫婦に見えるのだろう。

結婚して五年になる。結婚式というものをしなかったせいもあって、学生時代の友人や会社の同僚、めったに顔を合わせないがかつて仲のよかった従兄《いとこ》などに、奥さんはどういう人なのだ、と訊《き》かれる。なれそめとか、結婚に至るまでの経緯とか。話してもつまらないよ。そのたびに僕はこたえる。こたえるが、それで質問をひっこめる人間はいない。

僕たちのラブストーリーは——僕にはあまり臆面《おくめん》がないので、出会いから結婚に至るまでのいきさつをそう呼ぶことに抵抗はない。抵抗はないが、あれがほんとうにそう呼ばれるべきものなのかどうかはわからない。わからないが、ともかく——僕が二十六歳になる年の、元日に始まる。朝昼兼用の食事をしに、近所のファミリーレストランにでかけた。入口にはきちんと玉飾りがさがり、メニューには雑煮もあった。店はすいていた。客は僕の他に、初老の男性が一人と、若い女性が一人。元日の真昼に一人でファミリーレストランで食事をしている女、というのに興味をおぼえ、食事がすんでから話しかけてみた。彼女が食後に注文していたらしいアイスティが運ばれ、僕は別にコーヒーを注文した。突然現れた男にいやな顔もせず、警戒する素振りも見せず、かといって嬉《うれ》しそうにするでもなく、彼女は僕と言葉のやりとりをした。淡々と。それが杏子だった。

いま思っても奇妙なことなのだが、僕には彼女が緊張していないことがわかった。そして、そこに惹《ひ》かれた。

連絡先を訊くと、あっさり携帯電話の番号を教えてくれた。あまりにもあっさりしていたので、偽《にせ》の番号ではないかと思った。十日ほど経《た》ってから電話をすると、しかし本人がでた。

あとから知ったことだが、杏子は両親と妹と四人で暮していた。元日に一人でファミリーレストランにいた理由は、僕が想像したようなもの——僕とおなじように独り暮しで、僕とおなじように人恋しくなり、外気にあたりたくてでてきた——ではなくて、「単純に、マカロニグラタンが食べたくなったから」だった。

杏子は僕より二つ歳下《としした》で、デパートに勤務していた。父親は製薬会社に勤めていて、母親は専業主婦、妹は大学生だった。

交際には何の支障もなかった。僕らは食事をし、映画を観《み》、車を借りてドライブに行った。キスをし、散歩をし、ケーキだのアイスクリームだのを食べ、ホテルに行った。電話をかけあい、メールのやりとりをし、デートのあとは、必ず僕が彼女の自宅まで送った。サッカー観戦に行き、紅葉を見る旅に行った。僕の郷里に連れて行くと、彼女は僕の両親にきわめて気に入られた。息子である僕自身は、あまり気に入られていないというのに。とはいえ、一方では僕もまた彼女の両親に――僕の信じるところでは――好感をもって迎えられていた。

そうして僕たちはここにたどりついたのだ。自宅から徒歩五分の公園での、ほぼ日常といえるピクニックに。

「熱いから気をつけてね」

僕がポットをあけ、スープを蓋《ふた》に注ごうとすると、杏子は言う。

すこし離れた場所で、小さな子供たちとその母親たちが、僕らとおなじく時期尚早な、戸外ランチを敢行している。木立の向うはレーストラックで、ひっきりなしに、ジョギングや競歩の人が通る。反対側は芝生に覆《おお》われた緩い斜面で、斜面の先には金網があり、金網の先は四車線の道路だ。

この公園には、ピクニックにもっと相応《ふさわ》しい場所が幾つもある。見渡す限り芝生の、小高い丘のような場所もあるし、花が咲けば人で一杯になる、桜並木の下という手だってある。そういう場所は、しかし杏子に言わせると「気恥かしい」らしい。気恥かしい、などということを言いだすのならば、そもそも夫婦でピクニックをするという行為自体が気恥かしいし、ウィリアムズ・ソノマだかカトリーヌ・メミだか知らないが、その手の外国製高級生活雑貨を扱う店で、彼女自身の貯金で買った、敷物だのバスケットだの、保温機能の高いポットだのといった道具一式も、僕には十分に気恥かしい。

妻の趣味がピクニックで、僕らが頻繁に――気候がよくなれば毎週――それをしていると言うと、大抵の人は驚く。驚いたあとで妙ににこにこして、すてきだとかうらやましいとか言う。そう思うのならば、実際にやってみればいいのだ。

結婚するまで、僕らにはピクニックの習慣はなかった。杏子自身も、家族とであれ友人や恋人とであれ、ピクニックなど一度もしたことはなかったという。ある日いきなり始まったのだ。最初は散歩だった。

「散歩に行きましょう」

休みの日になると、杏子はそう言うようになった。

「お昼は外で食べたいの」

外食をしたいのかと思ったが、そうではなく、単純に戸外で食べたいのだと言った。それで散歩をし、パンやおむすび、弁当や焼きそばを買って、公園のベンチや、噴水のへりや、ひとけのない石段や、ともかく腰をおろせそうなところにすわって、食べて帰った。毎週。さすがに食傷し、たまにはきみの手料理を食べたい、と僕が言うと、杏子は悲しそうな顔をした。

そこからピクニックが始まったのだ。これなら手料理が食べられるわ、というわけだ。ちょうど、季節は夏だった。芝の匂いも芳《かぐわ》しく、微風が枝を揺らすと、葉もれ日が僕らの上に降り注いだ。開放的な人たちが、ほとんど裸同然の恰好《かっこう》で、肌を日に灼《や》いていたりした。空気は蜜《みつ》のように甘く、蜂《はち》がよってくるのも無理からぬことだと思えた。僕の妻はといえば、どう見ても可憐《かれん》で、控え目な色香が立ち、密閉容器の中身の家庭的さ加減とその色香とのギャップに、僕は新鮮な喜びを覚えた。近づいて髪に鼻を埋めたり、首すじに唇をつけたりした。彼女ののばした脚に頭をのせ、昼寝をすることもあった。彼女は喉の奥で心地いい笑い声をたてた。僕の髪に指を入れ、やさしくかきあげてくれたりもした。

僕らは幸福だ。そう思ったし、眠気をもよおすような夏の匂いやまぶしい外気、杏子のつめたい指と、周囲の賑《にぎ》やかさ、満ち足りた胃袋、といったすべてに陶然となった僕は、実際に口にだしてそう言いさえした。ややまがあって、

「いいわ」

という声が聞こえた。微笑を含んだ、やわらかな声。いいわ。奇妙なこたえではないか。

杏子という女を、魔女のようだと思い始めたのはそのころからだった。

それ以前にも、風変りだと思うことは幾つかあった。あったけれども、風変りというのは僕が経験および知識として知っている他の女たちと較《くら》べて、ということにすぎないわけで、僕の経験および知識など高が知れていたから、個性的な子だ、く

らいにしか考えなかったのだ。

たとえば、杏子は僕の名前をどうしても覚えられなかった。「裕幸《ひろゆき》さん」と正しく呼ぶこともあったが、その場合でさえ自信がなさそうに、語尾がやや上がった。「幸裕さん」と（やはりわずかに疑問形で）呼ぶこともあった。「裕幸さん、じゃなくて幸裕さん」と言ったり、「幸裕さんでいいんでしたっけ」と言ったり、「ええと……ごめんなさい」と言って口ごもったりした。僕はおもしろいと思った。はじめのうちこそいちいち訂正していたが、しまいにはばかばかしくなって——決して悪い意味ではない。むしろ、愉快になってしまって、と言った方が近いかもしれない——、「いいよ。きみの好きなように呼んでくれれば」と、鷹揚《おうよう》ぶって言ってみたりした。

賭《か》けてもいいが、いまでも、彼女は僕の名前を正しく記憶していないだろう。というのも、一昔前の夫婦みたいに、彼女は僕を「あなた」と呼ぶようになったからだ。あなた、これを見て。あなた、これを食べてみて。あなた。

僕の名前など、杏子にとっては意味のないものなのだ。

あるいはまた。杏子は僕に、甘い言葉を囁《ささや》いてくれたことがない。僕が囁けば例の心地いい声で低く笑って、嬉しいわ、と、こたえる。それだけだ。私もあなたが欲しい、とは決して言わない。ベッドでは、それがさらに顕著になる。僕が望めば、望んだ分だけ時間は濃密になる。杏子は白いすんなりした脚をひらき、背を反らせる。あるいは僕にまたがり、髪をふりたてる。僕自身を深々とくわえることも、僕が彼女の茂みに口を埋めることも、足指の一本ずつをしゃぶることも、嫌がりはしない。僕は猛々《たけだけ》しくなり、切なくなり、乱暴になる。乱暴になるまいとして、さらに切羽詰まる。彼女を突き、覆いかぶさり、耐えて、離れ、また突いて、突く。やがて呼吸を忘れる一瞬が訪れ、ふううう、と解放される。

「すばらしかったよ」

息を乱しながら僕が言っても、彼女は不思議そうな顔をしている。そして、

「それならよかったわ」

と言ったり、

「そうなの？」

と言ったりする。

そのようなこと、些細《ささい》なこと、とがった芝生に似て、Tickle なこと。ささくれ

のように、深刻なこと。

きょうのサンドイッチはロースハムだ。厚切りで、バターと辛子がしっかり塗られている。嚙《か》みごたえのあるそれをのみこみ、僕はコーヒーを啜《すす》る。

「見て。猫」

杏子が言う。低木の茂みを、黒猫が横切って行った。胃に食べ物が入ったせいか、午後の日ざしのせいか、ここに来たときよりずっと暖かくなった。僕はのびをし、膝の毛布をどける。そのまま仰向けに倒れると、上半身が敷物からはみだし、地面に直接触れた。ひんやりした土の匂い。青い空だ。目をとじて、薄い日ざしをまぶたで味わおうとする。風が、まつ毛をふるわせるのがわかった。

「起きて」

杏子は言う。

「そんなとこにのびちゃおかしいわ。お昼寝はごはんがすんでからにして」

どうしてそんなにピクニックが好きになったのか、と、杏子に訊いてみたことがある。あの真夏の、最初のそれからたて続けに四、五回、ピクニックをしたあとのことだ。

「だって」

杏子は言った。

「だって、外で見る方が、あなたがはっきり見えるんだもの。あなたの大きさとか、手のかたちとか、声とか、気配とか」

「気配も見えるの？」

もちろんよ、と、杏子はうなずく。

「あらゆる動物は、まず気配で、自分の存在を主張するものでしょう？」

それに。にっこりして杏子は続けた。

「それに、ピクニックをすると孤独じゃない感じがするでしょう？」

僕は、自分が立ちどまったのを覚えている。バスケットを持って、敷物を脇《わき》にはさんで。

「孤独なの？」

尋ねると、杏子は驚いたように僕を見た。

「愚かしいことを言わないで」

そしてくすくす笑った。

「そんなことを口にだせるのは、臆面のない馬鹿者《ばかもの》だけよ」

「それは僕だ」

こたえると、めずらしくいとおしげに見つめられた。

「家のなかでは、僕のことが見えないの？」

「見えるわ。でも、よく見えないの」

即答だった。

「よく、って？」

僕は、その気になればそれほど愚かでなくなることもできるところを見せて、質《ただ》した。杏子は小さく息をすいこみ、観念したように細く長く吐きだして口笛のような音をたててから、

「いいもののように」

と、白状した。すまなそうな声音ではあったが、目には生き生きした光が宿っていた。

「いいもののように。なるほど」

僕は言い、苦笑してみせたが、無論打ちのめされていた。

ほんとうのことを言う狂気。

それが杏子という女の特性なのか、すべての女の特性なのか、僕にはわからない（僕は傷つき、罠《わな》にかけられた気分だ）。しかし、杏子には確かにそれがある。魔女の魔女たる所以《ゆえん》であり、そんな特性を持つ人間は人間ではないと、僕は思う。ほんとうのことを言う狂気。その特性を、僕は心底憎んでいる。


起き上がり、サンドイッチをもう一つとった。斜面の下の道路脇の歩道を、三輪車に乗った子供と、その祖母らしい老女がゆっくり進んでいくのが見える。僕らから見て左から右に、おそろしくゆっくり。

ついさっき黒猫のいた茂みには、艶《つや》のあるこげ茶色の小鳥が二羽、ちょんちょんととび跳ねては地面の上の何かを——あるいは土を——ついばんでいる。

すでに食事を終えてしまった杏子は、膝に置いた文庫本に目をおとしている。伏せられたまつ毛はまばらで、低い鼻もすべらかな頬も、餅《もち》のように白い。

おそらく彼女がいちばん驚いただろうが、僕の存在が、彼女には不快であり不可解なのだ。僕は異物だ。こうして外にひっぱりだして、日にあて、風を通し、すこしでもふくらませようとしているのかもしれない。

「ごちそうさま」

僕が言うと、杏子は本から顔をあげた。無防備な唇がぽってりとつきでている。僕は敷物に這《は》いつくばって、そこに唇をあてる。密閉容器が散らかっているので、手をつく場所に苦労しながら。

杏子はびくりとし、でもすぐに従順に唇を受けとめる。倒れてしまわないように片手をうしろにつき、もう一方の手で僕の後頭部を支えさえする。

「よく見てごらん」

僕は囁く。異物としての自分の大きさや、手のかたちや、声や、気配を見せつけるかのように覆いかぶさり、杏子の唇を嚙んでひっぱる。

僕にとってもまた、杏子は異物だ。こげ茶色の小鳥の一羽や、横切って行った黒猫、三輪車に乗った子供とおなじくらい異物だ。

毛布の下に手を入れると、杏子が怯《ひる》むのがわかった。ジーンズをはいた、素朴なかたちの脚。杏子の目には、いまや恐怖の色さえ浮かんでいる。

僕は笑った。ジーンズに手をかけるのは止《や》め、かわりにじわじわと体重をかけて、杏子をおしつぶすかたちで倒れる。頰に頰をこすりつけると、鼻先が芝に触れた。

「重いわ」

杏子が言う。僕はかまわず、湿った土の匂いをかぎ、Tickleな芝を嚙みちぎってみる。草の青い味に、土の味がまざった。

くぐもった笑い声。僕の身体《からだ》の下で、杏子の胸が波打つ。

「なにしてるの？　重いわ」

仕方なくどいて、ならんで仰向けに横たわった。まぶしい。

「まぶしい」

おなじことを杏子が言う。

「それに首がつめたい。草がざりざりしてるわ」

僕は腕を持ち上げ、目隠しのように顔にのせた。日ざしが遮られる。遠くで誰かの笑い声が聞こえる。ドラムの練習をしている音も。隣で杏子が身体を起こし、昼食の残骸《ざんがい》を片づけ始めるのがわかった。協力せずにじっとしていた。風、葉ずれ、ドラムの音。

ねえ、という遠慮がちな声が頭上から降る。ねえ、あなた起きて。それは、しかし僕ではない誰かに向けて発せられた言葉のように遠く響く。そして、虚空《こくう》にすいこまれる。おそらく、彼女はそれを虚空に向けて発したのだろう。大胆にも、風変りにも。

僕のまぶたは、ぴくりとも動かない。

夕顔

寄り道は、仕方のないことだった。六条の女が待っていることはわかっていたが、かつて世話になった乳母《めのと》が病み衰え、出家して神だのみをするまでになったと聞けば、彼としては見舞わないわけにいかない。幼くして母親を失った彼は、その気の毒な境遇、美しい顔立ち、類《たぐい》まれな利発さと心根のやさしさから、この乳母に非常にかわいがられた。もっとも、それを言うなら宮仕えする女の誰からでも、彼はかわいがられて育ったのだが。

いざ牛車《ぎっしゃ》を寄せてみると、しかしその家の門は閉まっていた。無論彼は舌打ちなどしない。そういう人柄でも育ちでもないのだ。供の者に惟光《これみつ》を呼びに行かせ、惟光がでてきて門をあけてくれるのを、静かに待っていた。夏の夕方である。ふつうの人々の暮すその五条の大路を、彼は興味深く眺める。弱く流れてくる風、道端の草、煮炊《にたき》の匂《にお》い、水色の残る空。
乳母の家の隣に、板塀の新し気な家があった。板塀の上半分をはね上げ、金具で止める設《しつら》えになっており、かけられた簾《すだれ》も真新しく涼しげで、その簾ごしに、人々が立ち働いているのが垣間見《かいまみ》えた。その女たちは、皆美しい額をしているようだった。
どういう人たちなのだろう。
彼はなんだか心惹《ひ》かれた。六条の女との情事に備え、牛車も粗末な見かけにしてあるし、先払いの者にも声を立てさせなかったから、身分の露見する心配はない。自由な、軽やかな気持ちになって、彼はなかをのぞきこんでみる。奥行もそう深くなく、質素な住いだ。
世の中は　いづれかさしてわがならん
行きとまるをぞ　宿と定むる
古今集に詠《よ》まれた歌を思いだし、ひっそりと微笑《ほほえ》む。そう悟れば、侘《わ》び住いだろうと御殿だろうとおなじことではないか。うつむいて微笑んだ彼の頬に、夕方の日ざしがまつ毛の影をおとした。

板塀の内側には、青々と新鮮なつる草が気持ちよさそうに茂っていた。白い花が、そここにぽっかり咲いている。

「何という名の花かな」

つぶやくと、護衛の家来がたちまちひざまずき、

「あの白い花は夕顔といいます。名前は人の名のようですが、こういう庶民の家の、荒れた庭にばかり咲く花です」

と、こたえた。

「かわいそうな花だな。一つ折っておいで」

護衛は言われたとおり、庭に足を踏み入れて手折る。すると、この家で働いているらしい少女が、黄色い単袴《ひとえばかま》姿で現れて、手招きした。

「これにのっけてさしあげたら？　枝もない花なんだもの」

そう言って、白い扇をさしだした。扇から、その持ち主が普段薫《た》きしめているらしい、やさしげな香の匂いがふわりと立った。

ちょうどそのとき、乳母の家から惟光がでてきた。

「いやあ、鍵《かぎ》をどこかに置き忘れ、大変申し訳ないことをしました。こんなむさく

るしい道端でお待たせしてしまって」

　そう言って、護衛から花ののった扇を受けとると、ろくに見もせず彼に渡した。陽気でさっぱりした性格の惟光は、さすが乳兄弟《ちきょうだい》だけあって彼の気まぐれをよく知っており、そのへんの草花を欲しがったとしても、ちっとも不思議はないと思ったのだ。

「まあ、このあたりじゃあ、立っていらしても御身分のばれる心配はないでしょうが。ともかく申し訳ないことでした」

　そう言って、あけっぴろげな笑顔をみせた。


　乳母の家には惟光の兄の阿闍梨《あじゃり》や、親類縁者が集っていた。尼になった病身の乳母その人も起き上がり、彼を見ると感きわまって、礼をのべながら泣く、泣く、泣く。集っていた親類たちが困惑し、目配せをしあうほどの愁嘆場だった。けれど彼はひるまず――彼は決してひるまないのだ――、やさしい言葉を心からかけ、ときどき嗚咽《おえつ》をおさえこんだり涙を拭《ぬぐ》ったりしながら丁寧に見舞った。まだまだ長生きして私の将来を見守っていてほしい、と言い、病が癒《い》えるようまた加持《かじ》や祈禱《きとう》をするように、と助言して、部屋をでた。

「紙燭《しそく》を持ってきてくれないか」

まだ声を湿らせたまま、惟光に言ったのは、さっきの扇をよく見るためだった。

この家の廊下は随分と暗い。

ひろげると、扇からはやさしい香りがまた立ちのぼり、美しい文字でこんな詩が書かれていた。

美しいかた
その白い横顔は
露をのせて光る夕顔の花のよう
どなたか存じませんけれど
たしかに光を見たような

文字をぱらぱらと散らばして書いてあるのもおもしろく、彼はこれが気に入った。

「隣には、どういう人が住んでいるんだ?」

まつ毛をわずかに濡《ぬ》らしたまま、惟光に尋ねる。

「さあ」

惟光の返事はそっけない。

「つめたいんだな。この扇には何かを感じる。隣にどういう人が住んでいるのか、訊《き》いてきてくれないか？」

またいつもの気まぐれだ。惟光はそう思ったが、従順に尋ねに行った。

「どこかの次官の家だそうです。下男から聞いたことなのでよくはわかりませんが、夫は留守で、妻の姉妹たちが出入りしているとか」

次官の妻の姉妹たち――。彼は思案する。では、たいした身分の女性ではないだろう。しかしあの素朴な詩は、しみじみとやさしい女の筆になる気がする。あどけない、素直な女ではないだろうか。そこで彼は意識的に筆蹟《ひっせき》を変え、こう返信した。

おやおや
黄昏《たそがれ》どきの光にだまされてはいけません
もっと近くで見なければ
ほんとうのことなど
わからないのではないでしょうか

護衛に命じてそれを届けさせると、彼はまっすぐ六条へ向かった。隣の家は板塀の上部がもうぴったり閉じられていたし、それより何より、情を通じている年上の女が彼を待ちわびているのだ。さきほどのつる草の家とは似ても似つかない、趣味のいい上等な邸《やしき》で。あたりはもうとっぷりと暮れていた。人目をしのんででかける道にふさわしい。見舞いやら文《ふみ》のやりとりやらですこし気疲れした彼は、六条の女の細い背中や、やわらかな髪に触れたいと思った。最初のころのような情熱は持てないにしても、なつかしく安心な気持ちにはなれるはずだ。

彼がその後も惟光に、隣の女について調べさせたのには理由があった。話は、およそ二カ月前の、ある雨の夜にさかのぼる。つきあっておもしろいのはどんな女か、友人たちと男同士の打ちとけた議論をしたときのことだ。頭中将《とうのちゅうじょう》にしても左馬頭《さまのかみ》にしても、随分いろいろな経験をしているようだった。なかでも彼がひときわ興味を持ったのは、彼らの言う「中流」の女、高貴な生れ育ちではないが、だからこそのびやかで、気取りがなく、躾《しつけ》がきちんとされている女についての話だった。そういう女がいるそうなのだ（彼らは現に出会っているし、それぞれ甘美なことになり、頭中将に至っては、そのうちの一人と子まで成していた！）。あのつる草の家の女などは、その意味ではもしかすると「下の下」の層かもしれないが、そういう場所にこそ清らかな花が、誰にも顧みられずに咲いていたりするのではないだろうか。

彼はため息をつく。むずかしいものだ。いつもつきあっている上流の女たちとは勝手が違う。ともかくいまは、惟光の持ってくる情報を待つしかない。惟光は女好きでやんちゃな男ではあるが――いや、むしろだからこそ――信頼することができた。

すこし前に思いを寄せた女が、あれきり何も言ってこないことも気がかりだった。彼はまたため息をつく。人を心から好きになると、気の休まらないことばかりだ。

なぜ何も言ってこないのだろう。

考えても仕方のないことを、それでも彼は考えずにいられない。いくら夫のある身だからとはいえ、彼があれだけ心を砕き、言葉を尽し、策を弄《ろう》して忍び込んだ夜に、それもいざ事におよぼうとしたその刹那《せつな》に、逃げだすとはあまりにも頑迷なふるまい、石頭と謗《そし》られても仕方がないのではないだろうか。

記憶――。彼はゆっくりまばたきをして、なんとかそれを閉めだそうとする。人違いだと気づいたときには遅かったのだ。あれは断じて彼の落度ではない。まるで身代りのように閨《ねや》にいた娘を、失望させるのはしのびなかった。娘に罪はないのだから。軽薄なところがあることは否《いな》めないとしても、それなりに可愛《かわい》い娘だった。生来、彼は物事の善い面を発見することに長《た》けていた。長けすぎていると言うべきなのだが、本人は無自覚だった。そして、それこそが彼の徳であり、空前絶後の上品さだということに、おそらく彼の周囲のすべての男と、数人の女だけが気づいている。

そんなふうだったから、伊予介《いよのすけ》が任国から戻り、挨拶《あいさつ》に来たときにも気持ちよく応対した。伊予介は、彼を頑《かたく》なに拒んだあげく土壇場《どたんば》になって逃げだした女の夫であり、軽薄ながら可愛いところもあった娘の父親である。

「お務めご苦労さまでした。よくお帰りになりました」

彼は良心がいたむのをひた隠しに隠し、笑顔でそう労《いたわ》った。嫉妬《しっと》ではなく興味があった。あの二人の家族――。

「もったいないお言葉です」

伊予介は船旅のあとだけに日に焼けてやつれ、ひどく見苦しいありさまだった。けれどさすがに賤《いや》しからぬ生れだけあって、老いてはいても整った容貌《ようぼう》、どこかに風格さえ漂っていた。なるほど。彼は考える。あの女がああも頑なに私を拒んだのは、この夫故《ゆえ》だったのか。感心ではないか。いまどきめずらしく貞淑な女だ。ところが伊豫介は、これから娘をどこかに嫁にやり、今度は任国に妻を伴ってでかけると言う。彼はおだやかではいられなかった。心が千々に乱れ、とりあえずその女に詩を書いて贈った。かたちばかりの返事がきただけだったので、つれないことだと胸がいたんだ。娘の方も気にかけないではなかったのだが、こちらはどうとでもなる自信があり、さしあたっては、ほっておいても構うまいと思うのだった。

秋になり、彼はきょう六条にいる。あれこれの女のせいで気が揉《も》めて、正妻の元にも顔をだす気になれずにいた。こうして愛人の家を訪れてみても、なんだか晴れ晴れしないのだった。

以前はあんなにいとしく思えたのに。

彼はさびしさに目を伏せた。六条の女の細い背中もやわらかな髪も、もうかつてほど魅力的に見えない。あまりのさびしさに、彼はほとんど泣きそうになる。

六条の女もうつむいていた。もともと思いつめがちな性分の女性で、彼より年が上であるということさえ気に病んでいたのに、訪問が間遠になり、彼の目に宿っていた狂気にも似た熱情が消え、おざなりな事のあとにたちまち寝入られ、おまけにこの霧の深い朝、名残り惜しそうにもせずでて行こうとする彼の態度を、けれどとがめ立てすることもできない。

あなたは変った。

そう口にだして言えば、それが現実として定着してしまうような気がした。女ははっきり思いだすことができる。かつての彼の、あの抱擁、あの情熱、あの真実。いつだったか女が蚊にさされたときに、

「いやだ」

と叫んだのは彼の方だった。

「あなたの肌に触れていいのは私だけだ」

女は笑ったものだった。

「大丈夫よ。薬をつければすぐに治ります」

彼は思いつめた顔つきで女を見つめ、

「それでもいやだ」

と子供のようにくり返して、ちょうど女の手首のあたり、赤く腫《は》れた箇所に唇をおしあてた。激しく。

「お見送りくらいなさいませ」

部屋にぽつんと残された女に、女房が言った。格子窓《こうしまど》を上げ、御丁寧に几帳《きちょう》までめくりあげられてしまっては、女としても顔をだし、おもてを見ないわけにはいかない。

彼は庭に立っていた。色とりどりに咲く花の前を、無感動に通りすぎたりできない人なのだ。花の鮮やかさにやや目を細め、佇《たたず》む様子の美しさといったら。女はやはり見とれてしまう。するとそのとき、見送りにでていた女房をふり返り、彼が何か言った。女房をじっと見つめ、さらに何か言って手までとった。女には聞きとれなかったのだが、そのとき彼はこう言っていたのだ。

「美しい花に心を移したりしたら、あなたの女主人に申し訳が立たないね。でもここに咲いているこの朝顔のような、あなたというひとはあまりにもかわいい」

六条の女にとって幸いだったことに、この女房は彼の扱いを心得ていた。

「霧の晴れるのも待たずにお帰りになるなんて、この家の花たる女主人の、美しさがおわかりになっていないのでは?」

　彼は苦笑する。そう本気に受けとらないでもよかろうものを。習慣から戯《たわむ》れてみたまでのこと、チューインガムほどの気晴らしにもならない。けれどたとえばこの女房にしても、彼に耳ざわりのいい言葉をかけられたことを、ずっと嬉《うれ》しく思いだすことになるのだ。いつの日か、子や孫に自慢さえするかもしれない。彼というのはそのくらい、美しく憎めない男なのだった。

　律儀《りちぎ》にも惟光は、隣家の様子をこまごまと知らせて寄越した。使用人があゝ言ったとかこう言ったとか、小さな子供がいたとかいないとか。けれど肝心のその女については、誰なのかまるでわからないと言う。

「でも、一度ちらっと顔を見ましたよ。退屈したのか庭先にでてきて、外を通る人や牛車を、ぼんやり眺めていました」

　とてもかわいらしい人でした、と如才なくつけ足す。

「人目を忍んで隠れ住んでるんです。使用人に訊いてもそんな女はいないと言いますから。それで、まあ、ちらっと見ただけの感じでは、子供みたいなかわいい人で、でも、なんだか淋《さび》しそうでした」

「淋しそう？」

彼は首をかしげる。

「私ほど淋しいはずもあるまい」

しんと胸にしみる声音で呟《つぶや》くので、惟光は気の毒になった。彼の周りの女たちは、惟光の目から見ても、少々気位が高すぎるのだ。あれでは男はくつろげない。

「惟光」

はい、とこたえた惟光は、彼のつややかな黒髪と、上品に白い頬に半ば見とれる。

「私に隣家を訪ねる機会をつくってはもらえないだろうか」

それで、そういうことになった。

＊

女にしてみれば、けれどそれはどちらでもいいことだった。あとは余生、と思い定めて暮しているのだ。

私の心はちっぽけだから
というのが彼女の言い分だった。

私の心はちっぽけだから、心に抱く男性は一人で十分。

その一人にはもう出会っていたし、たのしいことがたくさんあった。いやなことも。そのいやなことのせいでこの家に身を寄せる羽目になったのだが、彼女はすこしも後悔していなかった。

だって、たのしかったもの。

彼女は思う。

ほんとうに、とてもたのしかった。

思い出はおはじきのようにまるく可憐《かれん》で確かな手ざわりを持ち、彼女はいつでもそれをとりだして、眺めたり手のひらにのせたり、飽きず遊ぶことができる。

私は臆病《おくびょう》だから
というのが、彼女のもう一つの言い分なのだ。

私は臆病だから、生身の男性より思い出のなかの男性の方が好きなのかもしれない。その方が安心だし、誰にも邪魔をされず、好きなだけ思っていられるから。

そして、それは気持ちのいいことだった。

彼女に屈託のなさすぎることを、側仕《そばづか》えの右近《うこん》などは心配するのだったが、でも彼女は思うのだ。屈託なんて、何の役に立つの？　と。

庭を眺めていた隣家の客のことを、彼女はよく憶《おぼ》えていた。きれいな男の人だと思ったし、だから儀礼上扇にそう書いて贈った。けれど実際に深夜、牛車にも乗らずひっそりと馬でやってきて、いきなり抱きすくめられたときには困惑した。不快だったわけではない。不自然なほど粗末な恰好《かっこう》をしてはいたが、いい匂いがした。爪《つめ》もきれいに手入れされていたので、身分の低い人ではなさそうだとわかった。けれど名前も明かそうとしないし、顔も隠そうとするし、何よりも生身の男だということがこわく思えた。

そもそも彼女は夜が苦手なのだ。夜には庭のつる草も黒々して不気味だし、風の音も昼間よりずっと不穏に聞こえる。正体のわからない男に抱かれながら、彼女ははやく朝がくればいいとばかり願った。こういうことは女としての務めではあるにしても、不得手だ。

「朝が来なければいいのに」

　そばで彼はせつなげに呟く。

「ほんとうに、私はどうしてしまったんだろう。あなたをここに置いて帰ることを、想像するだけで耐えられない」

　あまりにも強い力で抱きしめられ、自分の肘《ひじ》があばら骨に押しつけられて痛いほどだった。彼の息が肌に熱く、それが彼女を一層不安にした。

　そんなことがたびたびあった。下働きの者に後をつけさせ、彼の正体を確かめようとしてもみたのだが、不甲斐《ふがい》ないことに必ずまかれて帰ってくる。

「せめてお名前くらい、教えて下さってもいいでしょう？」

　思いきって尋ねても、男は困惑した表情で、

「そんなことが大切なの？」

　と、逆に訊き返す。

「こんなにあなたを思っているのに」

　彼女を戸惑わせたのは、その言葉が本心からでたものとしか思えない響きを持つことだった。男の声音はむしろ苦しそうで、彼女の胸までしめつけてしまう。

「ごめんなさい」

いたたまれなくなり、彼女はつい謝る。自分がなぜ謝るのかわからずに混乱する。

「やさしいんだね」

男はふいに微笑むのだが、その微笑みは、やはり彼女の胸をしめつけるのだ。

「こんなにやさしい女性を、私はこれまでの人生で一度も見たことがないな」

そうだろうか。彼女は自問する。私はやさしいのだろうか。いまこの人に、やさしくしただろうか。そして、違うと結論づける。違う。私はわけがわからなくなって、この人が気の毒になっただけだ。苦しそうにするから。男が苦しそうにするのを見ると、悲しくなった。

彼女がそう口にだすと、しかしその言葉の何かが彼をひどく煽《あお》ったようで、彼はまたしてもせつなげに呻《うめ》くと、遮二無二《しゃにむに》彼女をかき抱くのだった。

彼の思いつめようは、実際常軌を逸していた。女としてそれが嬉しくなかったといえば嘘《うそ》になる。嘘になるが、同時にそれは彼女を怯《おび》えさせた。おはじきみたいな飴玉《あめだま》みたいな思い出だけを大切にして、あとは気ままに、心静かに暮していたかったのだ。

「この家は仮の住いなのでしょう?」

ある夜、男はそう尋ねた。

「ええ」

女はこたえる。身を寄せられる家があっただけでも幸運だった。この先どうなるのかは、彼女自身にも見当がつかないのだ。それでいいと思っている。あとは余生なのだから。

「では」

男は言い、彼女の頬に頬をつけた。秘密めかせて耳元でささやく。

「私に今夜、安全なところへあなたをさらわせてほしい」

言葉の意味を理解するのに、すこし時間がかかった。

「今夜？」

尋ねたのは、またしてもどうしていいのかわからなくなったからだ。

「でも」

彼女は懸命に考える。考え考え、正直な気持ちを口にした。

「でも、そんなのはとても奇妙だわ。どこの誰かもわからないまま、ついていくなんてことは」

男は微笑む。

「さて、どちらが狐《きつね》なのかな。こわがりだね。でもどうか、私にだまされてみてほしい」

まただ、と、女は思った。まただ、この人の言葉は信じるに足ることのように聞こえる。誰の言葉も届かない場所にいるつもりだったのに、その場所にまっすぐに届く。それに――。すでに夜が明けかかっていた。早起きの男たちが互いに挨拶しあう声が聞こえてくる。カラスの声も。あれほど人目をしのんで、夜にだけやって来て帰ってしまう人だったのに、「離れたくない」という言葉どおり、ほんとうにここにいる。

彼女ははじめて自分から、男の頰にさわってみた。幻ではないことを、確かめようとするみたいに。

そのとき、ひときわ大きな声でカラスが鳴いた。びっくりして手をひっこめると、男はさも可笑《おか》しそうにくつくつ笑う。

「ああ、もう。かわいい人だな」

打ちとけた言葉づかいに、女もつられてすこし笑った。

男が窓をあけたので、早朝の空を二人で眺めた。女は、部屋のなかが散らかっていることをきまりわるく思ったが、どちらでもおなじことだ、と思い直した。

「この家の庭はおもしろいね」

男はすっかり寛《くつろ》いで、窓から外を見ながら言う。

「雑草がたくさん生えているから、朝露がきらきらしてきれいだ」

「そうね。私も庭は好きよ」

彼女には見馴《みな》れた景色だった。

「コオロギの声をこんなに間近で聞いたのははじめてだな」

「そうなの？」

彼女は驚いて、男の顔を見た。

「うるさいくらい鳴くのよ。それにここにはちょうちょも来るわ。とてもきれいよ。あなた、ちょうちょは好き？　私は大好きなの」

男は目を細め、まぶしそうに女を見る。まるで、世にもかわいい、すばらしいものを見るみたいに。女は嬉しそうに話し続けている。

「しじみちょうがいちばん好きなの。小さくて身軽で。にばんめはもんしろちょう。

あの子たち、どこまで飛んでいけるのかしら」

「どうだろう。学者に訊いてみてもいいが……。続きは向うで話そう。右近を呼んで、荷物を詰めてもらいなさい。車の仕度もいるね」

彼女の笑顔はふいに曇った。

「もう？　こんなに急に？」

男は自分で右近を呼んだ。

「ひどいな」

傷ついたように言う。

「私を信じてくれていないんだね。どんなにあなたを思っているか。夜も眠れず、食事も喉《のど》を通らないのに」

フェアじゃない。彼女は思った。そんな言い方はフェアじゃない。だって、私が意地悪をしたみたいに感じてしまう。

「ごめんなさい」

それでそう言った。

「でも、右近をつれて行ってもいいでしょう？　右近と、それに護衛も一人。知らないところに行くんだもの」
「もちろんだよ」
男はこたえる。
「それより、あれを聞いてごらん」
耳を澄ますまでもなく、どこかから祈禱の声が聞こえた。御嶽《みたけ》に参籠《さんろう》する人々なのか、しわがれた声が幾つも、一心に念仏をとなえている。
「あの老人たちも、この世がすべてだとは思っていないようだね」
男はしみじみ呟いて、それからこんな詩を詠んだ。
あの行者たちのお祈りを
道しるべにしてでかけよう
来世までも
ずっと一緒にいられるように
女は首をかしげる。ずっと一緒に、というところは甘やかだと思ったけれど、その他の部分は納得がいかなかった。
前世に何をしたというのか

いまは淋しい身の上です
まして来世のことなんて
風に訊くよりないでしょう

それでそう返事をした。

どことも知れない場所に向かって車に揺られていくあいだも、女はただ不安だった。男をすこし感じがいいと思ってはいるし、おそらく身分が高そうに見えるために、右近などはなんだかはしゃいでいるのだが、それでも、来るべきではなかったような気がした。

どちらでもいい。

強いてそう思おうとした。私には、どちらでもおなじことだ。

ナントカ院というところに着いたらしい。男が留守番の者を呼びだして、あれこれ指図している。車の簾を上げているので、門のまわりが荒れていることや、庭の草が深いこと、霧が濃くて湿っぽく、ひどく不気味な場所だということが、女にはそこからでもわかった。

「こんなことをするのははじめてなんだ。どきどきするな」

男は照れくさそうな小声で言った。

「どこなの、ここは」

尋ねる声が震えた。こわいし、すこし寒い。

「別荘」

男は言う。この人がこんなに愉《たの》しそうなら、大丈夫に違いない、と、女は思う。この人にぴったりくっついていよう。悪いことをしそうもない人だもの――。

「ずいぶんさびれてるのね」

こわごわ言うと、男はいとおしそうに、

「わざとそういう場所を選んだんだよ。誰にも邪魔をされないように」

と、こたえた。

家のなかに入ると、早速お粥《かゆ》が運ばれた。どちらも言葉すくなにそれを啜《すす》る。暗い部屋のなかで。それから彼女はまた男に抱かれた。

「これでもう、あなたは私のものだ。そうでしょう?」

耳元で、そうささやかれながら。

＊

彼にしてみれば、いとしくてたまらなかったのだ。彼女は、彼が日頃接している女たちの誰とも似ていない。素直であどけなく、それでいてまるで男を知らないというふうでもない。知っていることを隠そうともしない。体がやわらかいこともよかった。促せば、ほとんどどんな恰好にでもなるのだ。それで、彼はこの朝くたくたになって眠った。

目がさめたのは、真昼だった。部屋に日があかるく差し込んでいる。女はすでに起きていて、しかし彼のそばにぴったりくっついていた。

「おはよう」

声をかけると、女はゆっくりまばたきをして、それからゆっくり笑顔になった。安心した、というように。

彼は窓をあけて、荒れた庭を眺めた。わざと選んだ場所だとはいえ、この荒れ方は予想外だった。

「ひどいありさまだな。鬼でもでそうだ」

冗談のつもりだったが、女はびくりと身をかたくした。震えている。彼は笑った。

「大丈夫だよ。こわがりだね。たとえ鬼だって、私に手出しはできないと思うな」

女はしばらく思案して、

「ほんとう？」

と、尋ねる。

「もちろんほんとうだよ」

こたえると、ふわりと緊張をといて笑う。彼はまた抱きしめずにはいられなかった。こんなに自分に頼りきる女を、どうして嫌いになれるだろうか。ひたすら隠してきた顔も、見せてしまおうと彼は決めた。

あの夕方に会ったとき
光を見たと言ってくれたね
さあ紐《ひも》をといて顔を見せよう
どう思う？　と彼は尋ねた。女は彼をじっと見ている。それからくすくす笑って、こんな返事をしてみせた。

光を見たと思ったけど
あれはたぶん
黄昏どきの
見まちがい

いたずらをして、叱《しか》られるのを待つ子供のような顔をしてそう言った女を、彼はまたかわいいと思った。打ちとけてくれたことも嬉しく、ここに連れてきた甲斐があったと思った。

惟光がやって来て、果物を差し入れてくれた。遠慮をして部屋には入ってこず、使用人にこっそりことづけたようだ。二人で梨《なし》をたべた。梨はしゃりしゃりと涼しく、みずみずしく甘く、しみじみ幸福な午後だと彼は思った。

「私が顔まで見せたのだから、あなたも御自分のことを打ちあけてくれてもいいんじゃないかな」

そう言ったとき、彼は彼女がすくなくとも名前を、教えてくれることを疑わなかった。けれど女は黙り込んだ。

「教えてくれないのですか？」

さらにせがんでみる。女の返事は曖昧《あいまい》だった。

「宿も定まらない海人《あま》の子だもの」

あまりにも淋しげに言うので、彼は胸をしめつけられた。この期《ご》におよんでも、女が彼にすっかり打ちとけてはくれないことが悲しかった。いまごろ宮中ではみんなが自分を探しているだろうし、そういう人々を心配させ、六条の女にも不義理をして、こうしてここにいるというのに。

「つれないんだね」

つい恨みごとを言ったのも、仕方のないことだった。

それが起こったのは真夜中だった。彼がうとうとしていると、枕元《まくらもと》から声が聞こえた。

「すばらしい人だと思ってたのに。こんなにあなたをお慕いしているのに」

見ると、美しい女がすわっている。

「それなのにその私を構ってもくれず、こんなふうにどうでもいい、よくわからない女を連れてきて、大事そうにかわいがったりするなんて、くやしいやら腹立たしいやら」

　女は言い、彼にぴったりくっついて眠るもう一人の女を、細く青白い手で揺り起こそうとする。おおいかぶさり、ほとんど笑みとも呼べそうなものを浮かべて、強く爪をくいこませる。

　彼はそこで目をさました。起き上がっても動悸《どうき》がおさまらず、いやな汗をかいていた。灯《とも》しておいたはずの火が消えている。不吉な気配がし、彼は太刀を抜いて魔よけに置いた。

「右近！」

　隣室に声をかけて呼ぶ。

「使用人を起こして、紙燭をつけて持ってくるように言ってくれないか」

　やってきた右近は、けれどひどく怯えていて、

「こんなに暗くては、とても行かれません」

　などと言う。

「子供じみたことを」

　彼は苦笑し、人を呼ぼうと手を打ってみる。その音だけが夜気にこだました。

「なぜ誰も来ない？」

不審に思ったとき、そばに寝ていると思っていた女が、目をあけていることに彼は気づいた。目をあけて、ひどく震えている。その目はどこを見ているのかわからず、声をかけても耳にとどいていないようで、彼がそっと髪にふれても、頬に唇をつけても、まるで反応しない。

「まあ、どうしましょう。もともとってもこわがりなんです。どんなにか怯えていらっしゃることでしょう」

おろおろと右近が言う。確かに何度も「こわい」と言っていた。思いだし、彼はまた胸がしめつけられる。

「かわいそうに」

右近をそこに残し、自分で人を呼びに行くことにした。彼が西側の戸をあけ放ってみると、渡り廊下の灯も消えていた。風が吹いている。ただでさえ数のすくない使用人たちが、みんな寝ているらしいことに彼は腹が立った。

「紙燭を持ってきなさい。お前たちが寝ていてどうする」

ようやく現れたのは住み込みの使用人の息子で、見まわりの途中らしかった。

「惟光はどうした？　夕方果物を持ってきただろう」

「ご用もないだろうから、朝になったら迎えに来ますとおっしゃって、夕方お帰りになりました」

この若者が見まわりをしているということは、まだそう遅い時間ではないのかもしれない。彼はそんなふうに考えながら、女たちの待つ部屋に帰った。

右近がつっぷしている。

「一体どうしたというんだ。こわがるのもいい加減にしなさい。こういう場所には狐もでるし、ときには人をおどろかそうとして、いろんな悪さをするものだよ。私がいるから大丈夫だ」

右近はおそるおそる顔をあげた。

「ああ、気味がわるい」

簾を持ち上げて閨に入ると、右近の女主人、彼が生れてはじめて誘拐《ゆうかい》まがいのことをして、ここに連れてきた可憐な女性が、ぴくりとも動かずに倒れていた。彼は、いましがた右近を叱ったのとは似ても似つかないやさしい口調で、

「ほら、どうしました？」

と、尋ねた。そっと添い寝して片手をまわす。くすくす笑いが返ることを期待していた。

「もう大丈夫だよ」

ほんとう？　疑わしそうに、けれど一心に彼を見つめて、そう訊いてくれるはず

だと思っていた。触れた肌はすでにつめたく、唇からは息一つこぼれてこない。

紙燭をそばに寄せ、見ると彼女は事切れていた。夢のなかで枕元にすわっていた

とおりの女が、あかりのなかに浮かびあがり、そして消えた。閨には彼と、死体が

残った。茫然《ぼうぜん》とし、目の前の事実が信じられず、彼は彼女に話しかけた。

「さあ、生き返ってください。私を悲しませないでください。いたずらな人だね。

さあ、早く生き返って」

閨の外では右近が泣いていた。けれど彼は、彼女に話しかけるのをやめない。

「すぐにここをでよう。いま惟光を呼びに行かせたから。あなたをこんなところに

連れてきて悪かったよ。マ・シェリ、まさかほんとうにいなくなるわけじゃないで

しょう？」

彼は微笑みさえした。とり乱すわけにはいかないと思った。自分がとり乱せば彼

女が不安がる。それでひたすら話しかけているのだった。

彼が泣いたのは、駆けつけた惟光の顔を見たときだった。彼女の素直さやさしさが恋しく、不幸な最期《さいご》だったことがあわれで、けれど自分をこうも悲しませ、一人でふいにいなくなってしまうところが気ままな彼女らしい気もして、残された私はどうなってしまうのだろうか、と、身も世もなく泣き嘆いた。彼にとっても惟光にとっても、こんな事態は想定外だった。秘密裡《ひみつり》に、けれど手厚く葬《ほうむ》るための算段を、忠実な惟光が請け合った。

「彼女はちょうちょが好きだったよ」

彼は言った。

「暗いところが嫌いだった。不安がって、私のそばを離れようとしなかったんだ。でも逝《い》ってしまった」

せっかく見つけたのにと彼は思う。

「最後まで、身の上は話してもらえなかった。あんなふうに無理矢理連れてきてしまって、かわいそうなことをしたよ。あの夏の夕方に、白い花に目をとめたばかりに」

でもあれは、仕方のないことだった。六条で女が待っていることはわかっていたが、惟光の母でもある乳母の、見舞のための寄り道だったのだから。

アレンテージョ

オリーブの葉裏は白い。埃《ほこり》っぽい田舎道、木々はじりじりと日に焙《あぶ》られ、干上がって、風もないのに葉裏を見せてゆらめく。助手席の窓から外を見ながら、始まったばかりのこの旅に、僕はすでに倦《う》んでいる。

マヌエルは上機嫌だ。途中のドライブインで買ったふざけた眼鏡——このあいだ終ったワールドカップで熱狂した観客たちがかけていた、縁だけの、安っぽくて巨大な眼鏡——をかけ、カーステレオから流れる曲に合せて、ハミングしながら運転している。豊かな黒髪に端正な顔立ち、すらりとして均整のとれた身体《からだ》つき。妙ちきりんな眼鏡を一つかけたところで、彼の美しさはそこなわれない。

「あけて」

マヌエルが、紙袋を僕の膝《ひざ》に置く。

「どれ?」

スニッカーズ、エナジー・バー、ポテトチップス、オレンジ、ゆで玉子。

「ゆで玉子」

僕は従順にそれを取りだし、殻をむく。

アレンテージョに行こうと言い出したのは、マヌエルの方だった。田園への小旅行、いかしてると思わないか、と、言った。僕らには休暇が必要だよ、と。

どういう意味? 訊《き》き返したのは、その少し前にした口論を、僕がまだ胸にくすぶらせ、消化しきれずにいたからだ。旅行で不実の埋め合せをしようっていうの?

マヌエルは悲しそうな顔をした。

マヌエルの不実――というより、あらゆる人間に対して発揮される誠実さ――は、いまに始まったことではない。彼は自分に備わった魅力を十分に理解していて、人々にそれを分け与えることを、ほとんど義務だと思っている。彼は決して惜しまない。言葉も、笑顔も、友情も、自分自身の肉体も。それがときに僕に対する不実になるということは、理解の外であるらしい。

なぜ? どうして不実ってことになるのかな。僕が誰に誠実になろうと、その僕のすべてはきみのものなのに？

問題は、たぶん僕が狭量だということなのだろう。狭量で、偏屈で、陰気で嫉妬《しっと》深いルイシュ。運転席の男とは、たしかに大違いだ。

「ほら」

殻をむいた玉子をさしだすと、マヌエルは上体をかがめて半分ばくりと口に入れ、ウェットティッシュのパックを無造作に僕に寄越す。氷の溶けきったアイスコーヒーで残りの玉子ものみ下すと、

「暑いな」

と呟《つぶや》いて、エアコンの風量を上げた。外気温は四十度に達している。

バーテンダーという職業柄朝帰りの多いマヌエルは、サンオイルを塗ってベランダで昼寝をする、というシンプルな方法で、この夏全身を口に灼《や》いた。元は、僕とおなじくらい白い肌だったのに。

コテッジに着いたのは、予定の二時を大きくまわり、ほとんど三時になろうかというころだった。丈高くのびた雑草のあいだに、かろうじて見える小さな看板が立っていたが、建物はそこからまた車でたっぷり五分は走った先にあった。

「なんにもないところだな」

家畜の匂《にお》いでも嗅《か》ぎたいのか、マヌエルが窓をあけて言い、僕は肩をすくめた。

「だって、田園だもの。そういう場所を選んだんだろう？」

平野、草原、野っ原。何と呼ぶのが正しいのかはわからないが、まあ土と草、木々、ところどころに野生の花、単調な景色だ。車を降りると空気は陽炎《かげろう》が立つほど熱く、どこかから蜂《はち》の羽音がきこえた。

入口の戸は開け放たれており、中はひんやりしてカビくさく、フロント・デスクは無人だった。デスクだけじゃなく、建物の内にも外にも誰もいない。小ぢんまりした食堂にも、窓扉を閉《た》てきっているので薄暗い、バーらしいスペースにも。銀色の丸い呼び鈴を、マヌエルは二度鳴らした。一度目はチンと、二度目はチンチンチンチン、とうるさく。

「ほんとに営業してるのかな」

僕はにわかに不安になった。

「してるさ。ちゃんと予約したんだから」

マヌエルは言い、

「コン・リセンサ《すみません》、ボア・タルデ《こんにちは》」

と、声を張った。誰も現れず、かわりに、壁の鳩時計《はとどけい》が三時を打って、僕たちをぎょっとさせた。

これだから田舎は。

あやうく口にしかけたとき、おもてからようやく人が入ってきた。水色のシャツにベージュのスラックス、がっしりして背の高い男性だった。

「ああ、申し訳ない。お待たせしてしまったかな」

男性はにこやかに言い、デスクの向う側にまわると、素早くパソコンをたたいた。

「ええと、マヌエル・ブラガかな。三泊四日？」

チェックインはマヌエルに任せて、僕は戸口に腰をおろした。ほとんど湯のようにあたたまった水を、ペットボトルから一口のむ。両足のあいだの地面に蟻《あり》の巣があり、体長二センチはあろうかという大きな蟻が、何匹もせわしなく動きまわっている。僕はしばらく彼らを観察した。彼らの行動には、何らかの秩序があるはずだと思ったのだ。けれどそんなものはなかった。あるいは、あっても僕には見出《みいだ》せなかった。蟻たちはてんでんばらばらに、ただ右往左往しているようにしか見えなかった。

チェックインはなかなか終らない。背後で、オーナーのフェルナン（そう名乗った）がマヌエルに、説明している声が聞こえる。

「何か必要なものがあったら、遠慮なくフロントに電話をかけてくれ。メイドがすぐに行くから」

あるいはまた、

「お陰さまで満室だよ。バカンス・シーズンだからね。太陽、静寂、プライヴァシー、みんなそれを求めて来る」

よく喋《しゃべ》る男だ。無闇《むやみ》に潑剌《はつらつ》としている。

「ああ、プールもある。きみたちの部屋から歩いてすぐだよ。バーは夕方から午後十一時まで、朝食は……」

生ぬるい水を、僕はまた一口のんだ。そよとも風は吹かない。Tシャツが背中にはりついている。車のエンジン音が聞こえ、緑色のローヴァー・ミニが近づいてくるのが見えたとき、なんとなくほっとしたのは、太陽と静寂とプライヴァシーに、僕が慣れていないせいだろう。ローヴァー・ミニは、僕らの車のすぐうしろで停まった。左右のドアがほぼ同時にあいて、中年の女性が二人降り立つ。

「失礼」

音を聞きつけたフェルナンが、呟いて僕の横をすり抜ける。同時に、建物の裏のどこかから、ワンピース姿の女性も駆けだしていく。

「大した出迎えぶりだな。俺たちのときとは大違いだ」

マヌエルが言い、僕の隣に腰をおろした。広げた地図を両手で持っている。

「まずは買い出しだな。いちばん近いスーパーマーケットはここだってさ。まいったね」

午後十一時以降に酒をのめる店がないというのは、マヌエルにとって死活問題なのだった。

「そこ、気をつけないと蟻の巣があるよ」

僕は教えてやった。

ローヴァー・ミニの後部座席から、子供が一人這《は》いでてきた。女の子だ。髪を短く切り揃《そろ》え、やせっぽちで、簡素な夏服《プリントドレス》を着ている。中年女性二人は外国人のようだった。フェルナンが、英語で詫《わ》びていたから。やがて、二人はまた車に乗って、未舗装道路をひき返して行った。

「申し訳ない」

戻ってきたフェルナンは、ぼくたちにもまた詫びた。

「家出娘のご帰還でね。すぐに部屋に案内するよ。車はこちらで駐車場に移動しておくから」

家出娘？　僕はその少女を改めて眺めた。髪がくしゃくしゃに乱れていた。足元はゴムぞうり。所持品はくたびれたうさぎのぬいぐるみ一つのようだ。口を一文字に結び、目が合った僕をにらみ返す気概は見せたけれど、家出を企てるには、あきらかに幼すぎる。迎えにでたワンピース姿の女性——母親だろう——と、しっかり手をつないでいる。

「常習犯なの」

その女性が、疲労と困惑の滲《にじ》む笑みを浮かべて言った。肩までの長さのやわらかそうな髪、思慮深げな目。瞳《ひとみ》の色が、娘とおなじヘーゼルナッツ色であることに僕は気づいた。

「常習犯？」

訊き返したが、その質問はフェルナンが、

「妻のフラヴィアと娘のエレナだ」

と、にこやかに紹介したことで立ち消えになってしまった。

案内された部屋は清潔で、エアコンも正常に機能しており、快適だった。敷地内は小道が迷路のように入り組んでいて、一棟ずつの距離はそれほど遠くないのだが、鬱蒼《うっそう》と茂る樹木や蔓性《つるせい》の植物、まるで手入れをされていないように見えるがおそらくそうではないはずの花々、に包囲されているせいで、たしかに他人からも喧噪《けんそう》からも、濃密に守られている。というか、世界から置き去りにされた感じさえする。

ダブルサイズのベッドだけで空間のほとんどを占めている寝室の他に、暖炉が切られ、北アフリカの民芸調のラグやクッションの配された居間、台所とバスルームがあった。

「いいじゃん」

室内をひととおり見てまわり、ベッドに坐《すわ》って煙草《たばこ》に火をつけると、マヌエルは言った。「絵を描くにはもってこいの場所だな」

ぶ厚いガラス窓ごしに、息苦しいほどの緑が見える。ぼくは肯定の相槌《あいづち》を打ったが、ここで絵を描こうとは思っていなかった。絵さえ描いていれば幸福な人間だと思われているようで不本意だったし、マヌエルの言い方では、まるで僕がこの土地に来たがったように聞こえる。

「シャワーをあびてくる」

僕の声音はむっつりと不機嫌に――もしかするとふてくされて――響いたと思う。事実、不機嫌だったのだ。けれどマヌエルは気にするふうもなく、むしろ快活に、

「わかった。じゃあ僕はそのあいだに、買い出しに行ってくるよ」

と、言った。ベッドをきしませて勢いよく立ちあがり、吸殻を灰皿に押しつけて消す。僕はよほど妙な顔をしていたに違いない。こちらを向いたマヌエルが、いきなり笑って僕を抱きよせたのだから。

「なんて心細そうな顔をするんだろうね、きみっていう男は」

そして言った。

「たかだかスーパーマーケットじゃないか」

結局、いつもこうなってしまう。スーパーマーケットの通路をマヌエルとならん

で歩きながら、僕は自分が一体何を望んでいるのかわからなくなる。マヌエルのそばにいることなのか、マヌエルのそばから離れることなのか。

僕たちは、出会ってから四年半、一緒に暮し始めて二年半になる。ありふれた出会い方（酒場で、たまたま居合わせた共通の友人に紹介された）だったし、出会ってすぐに惹《ひ》かれ合ったわけでもない。マヌエルの働く店の店長（筋金入りの男色家で、今年還暦を迎えるのだが、三十年近く連れ添っている伴侶《はんりょ》がいる）がときどき過去をふり返って言うように、「心のなかで何かがスパークした」りはしなかったし、「世界が急にいきいきと輝いて見えた」りもしなかった。それでも、僕たちはすこしずつ互いを発見し、おなじ家で飼われることになった犬と猫がしばしばそうするように、すこしずつ互いの存在を認め、必要とし、いつのまにか、なくてはならない近しい者同士になった。これまでのところ、僕たちはおおむね良好な関係を保ってきたと思う（マヌエルは僕を世界でいちばんおもしろい奴《やつ》だと言い、僕はマヌエルを、世界でいちばん放っておけない奴だと思う）。でも最近、僕はマヌエルを不実だと感じ、マヌエルは僕が彼を束縛しようとしていると言う。

束縛だって？　聞き捨てならない言葉だけれど、あのフランソワーズ・サガンだって、「愛は束縛」とかいう小説を書いていなかったっけ？　もっとも、あの本の結末は悲しいものだったけれど。

困るのは、僕がどこかで、マヌエルが正しいと知っていることだ。

僕たちはどちらも自分がゲイであることを隠してはいないが、誰かに相手を紹介するときには、「友達のマヌエル」、「友達のルイシュ」、と言う。単純に、それがもっとも真実に近い気がするからだ。

真実はいつも僕を打ちのめす。真実には容赦がない。

水とビール、ジンジャ、それに壜《びん》入りのオリーブを買って店をでた。

フラヴィアとエレナに会ったのは、駐車場からコテッジに続く小道でだった。二人は花をつんでいた。手でも楽につまめそうな小さな草だが、一本ずつ丁寧に、植木鋏《うえきばさみ》で切っている。

「オラ《やあ》」

僕たちが挨拶《あいさつ》をすると、フラヴィアもおなじ言葉を、ただしずっと小さな声で、小さな笑みと共に返した。

「オラ、家出娘くん。調子はどう？」

マヌエルが、すべての野良犬《のらいぬ》がついてきたがる（であろうと僕がいつも思う）、善良で自信に満ちた口調で話しかけたが、エレナはただそっけなく、

「ベン」《いいわ》

とこたえただけだった。自分に話しかけてきた人間――旅行者、客、男たち、何であれ――の顔を、見ようともしない。

「食堂に飾る花をつんでいるところなの」

フラヴィアが説明した。

「それがあなたの〝仕事〟なのよね。おちびさん」

エレナは母親の言葉を黙殺した。たぶんテーブルの数に見合っただけの花を切り終えたのだろう。〝仕事〟の成果を母親の前につきだして見せてから、無言で母屋《おもや》へ駆けて行った。僕らはならんでつっ立って、その小さなうしろ姿を見送った。

フラヴィアがため息をつく。

「ごめんなさい。上の娘がいなくなってから、ずっとあの調子なの。すごく仲がよかったから」

いなくなる、という言葉を聞いて、僕はまた、上の娘も家出したのかと思ったが、

そうではなくて、フランスに留学中なのだそうだ。製菓学校に通っているのだという。

「あなたとおなじだ」

マヌエルが言った。

「この食堂でるデザートはみんなあなたのお手製だって、さっきフェルナンが教えてくれましたよ」

フラヴィアは肩をすくめる。

「母仕込みなの。私は素人《しろうと》みたいなものだけれど、母はいまでもエヴォラでお菓子屋を営んでるわ。だからアマリアは、私とおなじというより、祖母とおなじ道を選んだっていうことになるわね」

そのアマリアが留学して以来、エレナは宿泊客の車にもぐり込んでは、逃亡未遂をくり返しているのだという。

部屋に戻ってシャワーを浴びると、午後五時だった。太陽はやぶれかぶれになったみたいに光の粒子をまき散らし、暑さは一向にやわらがない。

僕たちは、最初の食事をモンセラーシュの村はずれにある小さなレストランで摂《と》ることに決めていた（この旅は、マヌエルの言では「美食の旅」でもあり、「アレンテージョの名物料理を食いつくす」べく、下調べをして予約をした）。店の予約は八時だったので、それまでの時間、マヌエルは昼寝をして、ぼくはコテッジの周りをぶらぶら散歩して過ごすことにした。

敷地内は、さながら秘密の花園だった。群生する野あざみが咲いたまま枯れて乾いている一画があるかと思えば、蔓薔薇《つるばら》が雨のように満開の枝を垂らす一画があり、アカシアの大木が白い小さな花をこぼしているかと思えば、色鮮やかなタチアオイが、青いのも赤いのも立ったまま日に焙られ、あえぐように生息している。ふいにベンチが出現し、壊れたブランコや壊れていないすべり台も出現する。苔色《こけいろ》に濁った池は葦《あし》に囲まれ、その葦のすきまから、名前のわからない、中華料理の食材みたいに見えるオレンジ色の花が顔をのぞかせていた。

虫よけスプレーを部屋に置いてきたことが悔やまれたが、それでも僕は、この夕方の散策を愉《たの》しんだ。ここは確かにエキゾティックな場所だった。

プールにでたのは偶然だった。小さな物置のような小屋——壁に温度計がさげられており、それによると気温はまだ三十二度もあった——の裏をまわって行けば、僕たちのコテッジへの近道のはずだったから。けれどそこには思いがけない障害があった。フェンスもなければ金網もなく、唐突に、涼しげな水をたたえたプールが出現したのだ。

「ハイ」

プールサイドに足を投げだして坐った、二十歳くらいの女の子が僕に気づいて、にっこりして言った。

「泳ぎに来たの？」

英語だった。真赤なビキニを着ている。もしここでノーと言ったら、用もないのにのぞきに来た怪しい男だと思われかねない。咄嗟《とっさ》にそう考えた僕は、

「うん。でもいいんだ。またにする」

と、英語でこたえた。

「あら、いいのよ。あたしたちもうあがるところだから」

女の子は言って立ちあがり、信じられないことに、ビキニのショーツの尻《しり》の部分に指をかけ、ぱちんと弾《はじ》いて僕の目の前でフィット感を調整すると、

「ダーグ！　でてきて！　新客万来よ！」

と、男――プールの中央で、巨大な浮輪に尻を突込み、赤ん坊みたいに手足をだして浮かんでいる――に向って大声をだす。

「いや、いいんだよ、ほんとに」

僕は言い、逃げるようにその場を立ち去った。女の子は平板な身体つきで、洗ったあとの犬みたいに全身が濡《ぬ》れていた。


夕食にでるころには、風が涼しくなっていた。そのレストランは高台にあり、外観からしてひっそりとシックで、うす青く暮れかけた夏の夜気に、誘うような灯りが窓からこぼれている。

「都会と違って、このあたりは車の停め場所に苦労しないからいいよな」

マヌエルは言い、抜いたばかりの車のキーをポケットに入れた。店からすぐの、石畳の広場に、車はぽつんと停まっている。

扉をあけると、清潔なリネンと温かいパン、さまざまなハーブのまざりあった匂いがした。

「あれは絶対ビッチだと思うな」

プールでの出来事を、ここに来る車のなかで、僕は話したのだった。

「どことなく蓮《はす》っ葉《ぱ》な感じがしたもの。まだ若いのにさ。若いっていうか、ほとんど子供みたいに見えたな」

案内されたテーブルにつき、とりあえずビールを注文する。

「男の方は若くないんだよ。禿《は》げてたし、肌がちょっとたるんでたし」

「見たかったたな」

可笑《おか》しそうにマヌエルが言い、僕は、

「何を？」

と、尋ねた。

「その男が浮輪から尻を抜くところに決ってるだろ」

その光景を想像し、僕たちはにやにや笑った。趣味のいいこととは言えないが、これは普段の僕たちの、気に入りのレクリエーションなのだ。これというのは他人を観察して批評すること。いけてるとかいけてないとか、幸福そうだとかあまり幸福そうじゃないとか。

リスボンでも、夕暮れのカフェのテラス席に陣取って、僕たちはよくそれをする。

ビールのグラスを手に、塩茹《しおゆ》でにしたかたつむりをつまみながら。一か所にじっと坐っていると、ほんとうにいろんな人が通る。老人、子供、観光客、野良犬、野良猫。親子づれ、学生、勤め人、警察官、商店主、夫婦、友人、恋人たち。人々（や、動物たち）を眺めながら、僕はときどき想像する。僕とマヌエルは、僕らを知らないひとたちの目に、どんなふうに映っているのだろうか、と。

夕食はすばらしいものだった。生ハム、ツナと豆のサラダ、この地方の名物だという豚肉の煮込みと羊肉の煮込みを両方とも、僕たちはたいらげた。小さな窓からは青から群青《ぐんじょう》、群青から漆黒へ徐々に色を変えていく空と、対岸のスペインの街灯り、湖と、水面に映る光が見えた。

「食後酒をのめよ」

マヌエルが言った。

「いいよ、べつに。どうせこのあと、コテッジのバーでのむんだろう？」

運転のことを慮《おもんぱか》って、最初のビール一杯のあとは、僕もマヌエルもガス入りの水と共に食事をしていた。マヌエルは僕の言葉には耳を貸さず（いつものことだ）、砂糖リキュール《ティタン》を一杯、僕のために、勝手に注文してしまった。

「窓の外に見とれてただろう？　見とれるほどきれいな景色は、酒と一緒に体に収めとくべきだよ」

友人たちはマヌエルのことを、アル中寸前の酒好きだと言ったりするが、全然そうではないことを、僕は知っている。マヌエルがほんとうに好きなのは、酒ではなく酒のある場所なのだ。そこには会話があり沈黙があり、人がいて、関係が生れる（あるいは潰《つい》える）。時間が特別な流れ方をし、記憶や、すでにどこにもいなくなってしまった人たちも、そこには存在することができる。そういう場所が好きで、彼はバーテンダーになったのだと思う。

働いているときのマヌエルを見るのが、僕はかつて大好きだった。無駄のない動きと冷静な目、率直だけれど礼を失しない物言い。プロらしい表情で隠してはいるが、マヌエルは客の一人一人、夜の一つ一つを、心底愉しんでいるのだ。店に来た旅行者を、金がないとか泊るところがないとかいう理由で、アパートに連れて帰ってきたことも何度もある。僕が文句を言いだすまでは（狭量で、偏屈で、陰気で嫉妬深いルイシュ）。

ティタンを、僕は二口でのみ干した。

「見ろよ、あれ」

マヌエルが言ったのは、帰り道の半ばだった。アクセルを緩め、車のなかだから他の誰にも聞こえないはずなのに、声をひそめてそう言った。

「どれ?」

街灯もまばらな山道は、暗くてほとんど何も見えない。

「右側、ああ、通り過ぎちゃうよ」

めずらしくうろたえた声で言い、マヌエルは極限までのろのろ運転をした。

「うわ、何だ、あれ。止めてよ、もっとよく見なくちゃ」

「だめだよ。失礼だろ、そんなの」

通り過ぎて、しばらくどちらも口をきかなかった。でもその光景は、僕の網膜にしっかり焼きついてしまった。

「何してるんだろう、あんなところで」

それは老女たちだった。もしかしたらなかには老女よりすこしだけ若い人もまざっていたかもしれないが、全体として、ともかく老女たちだった。八人いた。電線にとまった鳩よろしく、八人が壁にもたれて一列にならんで、ただじっと前方を見つめていた。

「夕涼みかな」

「こんな時間に？」

「井戸端会議かもね」

「一列にならんでおなじ方向を見つめて？」

僕が驚いたのは、全員が人形のように見えたからだ。そこには動きというものがなかった。井戸端会議だとすれば、無言の会議だ。全員が、似たようなプリントドレスを着ていた。エプロンをつけていたりいなかったりの差はあるが、一様に古ぼけた、褪《あ》せてはいてもあかるい色合いの——ちょうど、昼間エレナが着ていたようなドレスだった。

「シュールなものを見たね」

僕は言い、マヌエルもうなずいて同意する。

「おもしろいね」

「うん。非常に興味深い」

静かな村だ。レストランをでてからコテッジに帰り着くまでに、僕たちはあの八人の老女以外に、人っ子一人見かけなかった。

翌朝、僕が目を覚ますとマヌエルはもう起きて、テラスで煙草を喫《す》っていた。

「おはよう、おデブちゃん」

ランニングシャツにブリーフという恰好《かっこう》の、寝起きの僕をからかう。

「ほら、早く着替えないとママに叱《しか》られるぞ」

僕は返答がわりにマヌエルの尻を一摑《ひとつか》みして、喫いかけの煙草を奪い、一口だけ喫って返した。きょうもまぶしくて暑い。裸足《はだし》の足に、何か湿ったやわらかいものが触れたので、見ると、青い、大輪の朝顔だった。壁に添って、地面を埋めつくすように幾つも咲いている。しわりとした花びらの感触。

「観光日和《びより》だな」

マヌエルが言い、僕は怖気《おぞけ》をふるった。昔から、観光という言葉にアレルギーがあるのだ。

「ワイン農家とオリーブオイル製造業者とどっちがいい？　どちらも見学可、試飲あり」

マヌエルは構わず続けた。

「お、豚と触れ合える農場もあるぞ」

「そりゃいいね」

こたえたが、僕は生れてこのかた、豚と触れ合いたいと思ったことは一遍もない。

「シャワーを浴びてくるよ」

僕は言い、エアコンのきいた室内にひき返した。

食堂には、コーヒーの香りが漂っていた。フェルナンは満室だと言っていたが、僕たちの他に客は一組しかいない。くたびれた様子の、中年の夫婦だ。どちらも無言で、ナイフが皿にあたる音だけをさせている。

端に据えられたどっしりしたテーブルの上に、ハムやチーズ、シリアルや果物やヨーグルトがならんでいる。カップにコーヒーとミルクを満たし、僕は梨《なし》とヨーグルトを、マヌエルはパンとチーズとハムを皿に載せてテーブルについた。

「いないね」

すこしだけがっかりして僕は言った。きのうプールで見た女の子と浮輪の〝ダグ〞を、マヌエルに見て欲しかったから。薄っぺらな紙ナプキンをひろげ、厚手のカップに口をつける。僕は思うのだけれど、おなじものを見るということは大事なことだ。べつべつの思考がべつべつの肉体に閉じ込められている二人のべつべつな人間が、それでもおなじ時におなじ場所にいて、おなじものを見るということは。

僕が、いっそおもしろいほど切れないナイフで梨の皮をむこうと苦心しているあいだに、マヌエルは、中年の夫婦とお近づきになっていた。いつものことだ。二枚目のパンを取りに行ったマヌエルが、おんぼろトースターからでてこなくなった妻のパンを、救いだしてやったのがきっかけらしい。

「ぜひ行くべきだよ」

夫が熱心に言う。

「ほんとうにいい店なんだ、値段も良心的だしね」

マヌエルは皿を持って立ったまま、いかにも興味深そうに拝聴している。

「知り合いがいてね、彼に頼めばすべてうまくやってくれる。よかったら連絡先を書こうか」

坐ってパンを口に運びながら、冷ややかに夫を眺めていた妻が、さすがにそれは止めた。

「あなた、御迷惑よ」

と、夫の顔を見ずに言って、そのまま食事を続ける。無表情に虚空《こくう》を見つめて。

「まあ、気が向いたらの話だけれど」

勢いをそがれた恰好の夫はぼそぼそと言い、話は終りそうに見えた。

「どちらからいらしたんですか」

驚いたことに、でもマヌエルがそう尋ねた。まだ話し足りないとでもいうのだろうか。

僕は梨を食べ終り、べたべたの手をくしゃくしゃの紙ナプキンで拭《ぬぐ》った。残っていたコーヒーをのみ干す。席を立ち、マヌエルを残して食堂をでた。

母屋のすぐ外にエレナがいた。片手にうさぎのぬいぐるみを持ってしゃがみ、反対の手に持った棒きれで、地面をつついている。

「蟻の巣？」

尋ねると、エレナは顔を上げたが返事はなかった。仕方なく、僕は通り過ぎようとした。

「きのう、来なかったのね」

ふり向くと、エレナはもうしゃがんではいなかった。棒とぬいぐるみをだらりと両手にさげ、怒ったように仁王立ちになっていた。

「きのう？　どこに？」

僕はこの子に、何か約束をしていただろうか。身に覚えはなかったが、訊き返した。

「ディナーに」

エレナは重々しく宣《のたま》った。ディナー？

「夜ごはんに、食堂に来なかったわねって言ったの」

のみこみの悪い生徒に道理でも説くように、エレナは言い直してくれる。

「泊ってる人はみんな来るのに」

「みんな？」

それは嘘《うそ》だろうと思った。宿泊料に含まれるのは朝食だけなのだし、部屋には自炊もできるよう、台所が備えてある。どこで食事をしようと客の勝手なはずだ。

「すくなくとも最初の夜は、ってことよ」

エレナはさらに言い直し、僕は返答に詰まった。グルメ本やインターネットで相棒があれこれ調べた結果、ここは僕たちの予定から外れました、とはとても言えない。

きのうの夕方、鋏で花を切っていたエレナを、僕は思いだした。それがこの子の〝仕事〟だと、フラヴィアが言って微笑《ほほえ》んだことも。

「きみのお母さんはとても魅力的だね」

気がつくと、僕はそんなことを言っていた。

「それに、きみをすごく大事に思っている」

エレナは訝《いぶか》しげな顔をした。

「もちろん、ママは魅力的よ」

当然でしょうと言わんばかりの口調だ。

「あなた、どこから来たの？」

エレナは突然話題を変えた。

「リスボンだよ。行ったことある？」

エレナはそれにはこたえなかった。頭のなかで、思考の小さな歯車が、忙しく回転しているのが見えるようだった。僕は笑いをかみ殺した。

「だめだよ、車には乗せないからね」

少女は不満そうな顔をし、僕は不思議に思った。ママが好きで食堂のディナーに誇りを持っているのだとしたら、なぜこの子は家出をしたがるのだろう。

駐車場のそばで、スプリンクラーが回っている。うねるホースときらめく飛沫《しぶき》、木々のつくる濃い影。僕は飛沫で皮膚の表面温度をすこし下げようと決め、そこに向かった。

どのくらい経《た》っただろうか。芝の匂いとかすかな水音、日ざし、それが水に反射してできる虹《にじ》、蜂の立てる眠たげな羽音、ゆらめく大気に滲むような花の色。牧歌的なひとときを満喫し、コテッジに戻ると、マヌエルがテレビをぼんやり観《み》ていた。

「どこに行ってたの？」

気を悪くしたふうもなく訊く。僕は自分が気を悪くして席を立ったのだったことを思い出した。マヌエルがまた他人に、あの気前のいい笑顔を見せたことや、相手がどんな奴でも分けへだてせず接する主義のマヌエルは、ときにはそのままベッドまで共にしてしまう癖があること（それがこのあいだの口論の原因だった。原因ではなく直接のひきがねと言うべきかもしれない。一度だけのことじゃないから)、まで思いだしてしまった。

「あの人たちもリスボンからだったよ」

マヌエルが、質問の返事も待たずに話しだしたので、僕はさらに不機嫌になった。だってそうではないだろうか。どこに行っていたのかと訊いたくせに、僕がどこに行っていたかなんて、彼にはどうでもいいことなのだ。

「あの二人、結婚何年目だと思う?」

「知らないよ」

僕はこたえる。他人の結婚年数なんて、どうでもいい。

「二年目だって。興味深くないか? 二年目っていえばまだ新婚みたいなものなのに、全然そう見えなかっただろう。旦那《だんな》は三度目の結婚らしいんだけど……」

「知らないって言ってるだろ!」

僕は怒鳴った。

「一体何だってそんなに何もかもに興味を持たなくちゃいられないんだ?」

マヌエルは椅子《いす》に坐ったまま、茫然《ぼうぜん》として僕を見上げる。

「何だ？　何怒ってるんだ？　僕はただ彼女のトーストを——」

言いかけて口をつぐむ。ふいにその目に理解の色が浮かぶ。またか、という色だ。

「ルイシュ、すこしは僕を信用してくれよ。相手は中年の新婚夫婦だぞ？　僕が一体何をするって言うんだよ」

「でもテオフィロとは寝たよね」

僕はマヌエルの最新の浮気相手の名前を言った（そりゃあテオフィロは新婚夫婦の片割れではないが、年は似たり寄ったりだった）。

「僕の目の前で、初対面の奴とキスをしたこともあるよね」

これではまた口論の蒸し返しになってしまうと気づきながらも、僕はさらに言いつのった。

「そういうことはやめて欲しいって僕は頼んだよね。丁寧に頼んだよね。でもきみはそのあともまたあのドイツ人観光客と——」

僕の声も唇も震えていた。それでも言葉が勝手に口から転がりでる。

「どれも一度だけのことじゃないか。パートナーシップとは全然違うよ」

マヌエルは言った。それはこのあいだも聞いたセリフで、このあいだとおなじように、今回もまた真実の響きを持っていた。

「それでもだよっ」

僕は言い捨て、テレビとマヌエルの横をすり抜けて寝室に行く。ばたんと音をたててベッドにうつ伏せになった。アパートに帰りたいと思った。中年の新婚夫婦なんてもう顔も見たくないし、観光もしたくない。暑さにも田園にもうんざりだった。

「ルーイーシュ」

名前を呼ばれても、僕は顔を上げなかった。

絶対に上げない。ベッドが揺れ、マヌエルがおおいかぶさってくる。それでも僕がうずくまっていると、マヌエルは僕を揺すぶり始める。

「ルーイーシュ」

「やめてよ」

僕はうめく。

「やめてってば」

抵抗しても無駄だ。僕が彼を理解していることをマヌエルは知っているし、マヌエルに知られていることを僕もまた知っているのだから。

僕たちはそのままくっついて、昼まで眠った。

結局、いつもこうなってしまう。豚の糞《ふん》と土がほとんど一体となった地面を、悪臭には気づかないふりをしてマヌエルとならんで歩きながら、僕は自分が何を望んでいるのか、やっぱりわからなくなる。マヌエルを束縛することなのか、マヌエルに束縛されていることなのか。

ここには日ざしをさえぎるものは何もない。恥かしくなるほど青い空だ。見渡す限り、土と糞と草とどんぐりの木。柵《さく》の内側にも外側にも豚はいて、でもあとは、僕たちしかいない。気持ちがいいほど孤独だ。

「案外清潔なんだな」

何を思ってそう言うのかわからなかったが、マヌエルは感心した口調で言った。豚たちは例外なく泥だらけで、その泥が干上がっているので、粉をふいたような灰色に見える。

「まあ、健康そうではあるよね」

放し飼いにされているだけあって、どの豚もひきしまった身体つきをしている。僕は豚のフォルムをとても美しいと思った。

豚たちは木陰に身を横たえたり、落ちている何かを食べたり、集団でひしめきあったりしている。好奇心の強い何頭かは鼻息と共に近寄って来るのだが、決して近寄りすぎはしない(賢明な判断だと僕は思う)。

「来い。ほら、来いよ、おいで」

マヌエルはデジカメで、なんとか豚を接写しようとしている。リスボンに帰って、常連客や仲間たちに見せたいのだろう。

いまここにいるのに、いまここではない場所や時間のことを考えているマヌエルが、僕を余計孤独にした。

僕はバックパックから手帖《てちょう》とボールペンを取りだし、豚をスケッチした。そのフォルムの美しさを、ユーモラスな風情《ふぜい》を。

豚との触れ合いを終えると、僕たちはスペインとの国境近くまで車を走らせた。どこまでも続く一本道で、両側は岩とサボテンの点在する草地、日陰というものは一切存在しない。マヌエルはエアコンを最強にし、UB40を、酔っ払ったティーンエイジャーが乗る車にこそふさわしいと思われるヴォリウムで流す。

「あけて」

紙袋を僕の膝《ひざ》に置く。

「どれ」

スニッカーズ、エナジー・バー、ポテトチップス、オレンジ。

「チップス」

僕はそれを取りだし、袋の口をあける。ペットボトルに入った生ぬるい水で、僕たちはその心安いスナック菓子を飲み下した。車のなかに、油と塩の匂《にお》いが充満する。音楽にあわせて、はじめは小さく首を振る程度だったのが、次第に声も動作も大きくなって、しまいには二人とも、上体を前後に揺り動かして、"CHERRY OH BABY"をがなり立てていた。日陰のない一本道のせいだったかもしれないし、旅のもたらす不安定さや高揚感のせいだったかもしれない。あるいは混乱の。苛立《いらだ》ちの。理由はともかく僕たちはがなり、頭をふり、イクのをがまんするときみたいな顔をしてリズムを刻み、それで会話のかわりにしようとした。

コテッジに戻ったのは夕方だった。日ざしはまだ溢《あふ》れかえっている。夕方の光が、真昼のそれより淡いのに強く感じられるのはどうしてだろう。空間の隅々にまで入りこみ、きらめく粒子で満たす気がするのは。

マヌエルがランニングにでかけたので、僕はテレビを観ながら、彼が帰ってくるのを待った。

夕食は、とても豪華だった。広大なワイン農園のなかにある中庭つきのレストランで、マヌエルは、随分前から予約をしていたらしい。店内は白と茶色で統一され、壁は鏡だった。

「高そうな店だね」

僕が言うと、マヌエルはいつもの――僕が不安だったり落ち着かない気分だったりするときにいつも見せる、という意味だけれど――、この世に彼のそば以上に安心な場所はない、と思わずにはいられなくなる笑顔を見せ（それは、十分に偉力を発揮した）、

「構わないじゃないか。まったく構わないよ」

と、言った。

パンにつけるオリーブオイルが五種類もでてきた。ナントカの、ナントカソース、ナントカ添え、みたいな複雑な名前の料理が幾つかでて、メイン料理はステーキだった。

「構わないじゃないか。まったく構わないよ」

僕はそのフレーズが気に入って、新しい料理が運ばれてくるたびにそう言った。マヌエルも言ったので、自分でも気に入ったのだろう。この店では、料理一皿ごとに、それに合うワインがでてくる（気取ってる、と僕は思った）。マヌエルが、そのすべてのワインを一口ずつ「味見」だけすると決めたときにも、僕は勿論《もちろん》、

「構わないじゃないか。まったく構わないよ」

と、言った。こうしてこの言葉は、その夜の僕たちの合言葉になった。合言葉！子供のころから、僕はそれが大好きなのだ。自分と、信頼できる誰かとのあいだでだけ通じる言葉。

たぶん僕の問題は——狭量で、偏屈で、陰気で嫉妬《しっと》深いことの他には、という意味だけれど——、怒りを持続できないことなのだろう。ナントカのナントカがけ、ナントカ風味、ナントカと共に、みたいな名前のデザートをたべ終えて（構わないじゃないか。まったく構わないよ）店をでたときには、マヌエルのいない人生はどんなにか味気ないものだろう、ということしか考えられなくなっていた。

そして、僕たちはまた、帰り道で八人の老女を目撃した。ゆうべときっちりおな

じ場所に、おなじ姿勢でならんでいる。おなじかどうかはわからないが、おなじようなプリントドレス、おなじようなエプロン。

マヌエルがぴゅうと口笛を吹き、僕は目を瞠《みは》った。

「またいる！」

まるでデジャヴだった。夜気に、まばらな街灯のあかりと僕らの車のヘッドライトに照らされて、ぼうっと浮かびあがる八人の老女たち。まるでオブジェだ。現代美術の展示。今回は、八人のうち二人が白いソックスをはいていることまで見えた。一列にならび、やはり全員が前方を見据えている。

「毎晩集まるのかな」

「冬はどうするんだろう」

「コートを着て出るんじゃないの」

僕たちは憶測を述べあった。

「でも、やっぱり喋《しゃべ》ってるようには見えなかったね」

「うん。無表情で、無音だった」

「お喋りが目的じゃないとしたら、何してるんだろう」

「旦那はいないのかな」

疑問ばかりで回答のない会話になった。未舗装道路をがたがたと進みながら、僕は、自分が彼女たちの列に、いつの日か加わるところを想像した。

「バーはもう閉まってるな」

マヌエルが言う。

「部屋でのめばいいよ、トランプをしながら」

僕たちはそうした。

翌朝も、母屋の前にエレナはいた。

「オラ、エレナ。オラ、ポチョムキン」

マヌエルが言う。彼がうさぎのぬいぐるみの名前を知っていても、僕は驚かない。

「オラ、マヌエル」

にこりともせず、エレナはこたえた。

空き壜の入った重たげな箱をかかえ、裏口からでてきた女性スタッフが、おはよう、と言って僕らに微笑みかける。白衣を着て、頭にビニールのキャップをかぶっている。見憶《みおぼ》えのある微笑みだという気はしたが、それがフラヴィアだと気づいたときには、彼女はもう隣の小屋に入ってしまっていた。

「いまの、フラヴィアだった？」

僕はマヌエルに訊《き》いた。

「フラヴィア？　全然違うよ」

マヌエルはこたえる。

「ママよ」

エレナが言った。

「ママは働き者なの。パパは働かないけど」

たしかに、まるで工場労働者のように見えた。儚《はかな》げできれいな、裕福で悲しげなオーナー夫人ではなく。

「働かない？　そんなことないだろ」

マヌエルが言う。

「そんなことを言っちゃ、パパが可哀想《かわいそう》だな」

すべての野良犬がついて来たがる（と僕の思う）、あの表情と声音で。

「あなたたち、なんにも知らないのね」

エレナには、でもそれは功を奏さない。立ちあがり、服についた土を払うと、

「ここはアレンテージョなのよ」

と、それが重大な秘密ででもあるかのように、声をひそめて言う。

「まあ、僕たちはしょせん都会のねずみだからね」

僕が言うと、エレナは呆《あき》れ顔をした。

「都会？　リスボンが？　都会っていうのは、パリみたいな街をいうのよ」

パリときたか。

「そこが、きみのお姉さんのいる街？」

尋ねると、エレナは一瞬だけ目に驚きの色を浮かべたが、なぜ知っているのかと問うことはしなかった。

「暑いな。中に入ろう」

マヌエルが言う。

「ナオン《ちがう》」

エレナはこたえた。

「アマリアがいるのはリヨンよ。そこでお菓子の勉強をしているから。でも、アマリアはパリが好きなの。そこには何でもあるから。とくに自由が」

マヌエルが苦笑する。

「先に行ってるぞ」

と言って、僕の肩をぽんとたたいた。

これはすごく珍しいことだ。いつだって、用もないのに他人と話したがるのはマヌエルの方で、それに苛立つのが僕なのだから。

「でも、アマリアは学校を卒業したら帰ってくるんだろう?」

エレナは僕の顔をじっと見つめ、

「あなたは帰ってくると思う?」

と、訊いた。淋《さび》しげな声と、彼女が僕にはじめて見せる年齢相応に幼い、心細げな表情で。

先に行ったはずのマヌエルが、

「おい、いるぞ」

と、うしろから囁《ささや》く。

「ビッチとダグ。たぶんあの二人だと思うな。揃《そろ》ってシリアルを食ってる。来いよ」

ビッチとダグは口実で、僕を迎えに来てくれたのだとわかった。

「彼女の名前はケイトよ」

エレナが、断固とした口調で横から言った。

「ケイトとダグラス。ロンドンから来てるの。あの人たちは夫婦じゃないから倫理的な関係とはいえないけど、でも、ケイトはすごくいい人よ」

僕とマヌエルは顔を見合せた。エレナは、この宿の情報通らしい。

ケイトとダグラスは隅の席にいた。シリアルはたべ終えたらしく、揃ってスクランブルエッグにとりかかっている。ダグラスはアロハシャツに半ズボン、頭にカンカン帽までのせていて、はっきり言って間抜けに見える。ヨーグルトとブドウ、それにコーヒーの朝食を摂りながら、僕は、彼らのパンがおんぼろトースターからでてこなくなったりしないことを願った。

耳元で風がぼうぼう鳴っている。車の窓を全開にしたのは、喋るのも歌うのもいやだったからだ。マヌエルを、ただ眺めていたかった。

僕たちは高台まで車を走らせ、旧市街を散策してきたところだ。旧市街は美しかった。静かすぎる美しさ、現実ではない場所のような美しさだった。どの建物もまぶしいほど白い。日陰には野良犬《のらいぬ》が寝ていた。他に生き物の姿はない。店（らしきもの）もあることはあったが、すべて鎧戸《よろいど》がおりていた。死んだように静かな犬と、死んだように静かな風景。

僕たちは歩き、マヌエルはあちこちで写真を撮った。二人ともほとんど無言だったが、それは、声をだすと何かがそこなわれる気がしたからだ。石段に腰をおろして生ぬるい水をのみ、昼食がわりのオレンジをたべた。マヌエルがむいてくれたので、マヌエルの指はオレンジの匂いになった。たべ終り、再び歩きだしてからも何度も、僕はそれを自分の鼻先へ持って行って嗅《か》いだ。もしいま、僕がここで別れを切りだしたら、マヌエルはどうするだろうと考えながら（それを想像することは、でももう悲しいことではなかった。どうしてだかわからないけれど）。

「窓、閉めるぞ」

マヌエルが言い、同時にそれを実行する。ふざけたい気分になっていた僕は、窓がきちんと閉まるのを待ってから、またあけた。マヌエルがもう一度閉め、僕がもう一度あける。

「ルーイーシュ」

子供に警告を与えるように、マヌエルは僕の名前を発音する。

「マーヌエール」

僕も真似《まね》をして発音した。窓が閉まり、窓があく。窓が閉まり、窓があく。

こんなところにいたんだ。

僕たちが互いに自分の——そして相手の——感情を受け入れてまもないころ、マヌエルは僕にそう言った。

想像もしてなかったよ。こんなに何もかもしっくりくる相手がこの世にいるなんてさ。

と。思いだし、僕は自分が幸福と不幸の区別をつけそこなっていることに気づく。あるいは、区別に意味などないことに気づく。

コテッジにもどったのは四時すぎだった。

マヌエルが泳ぎたいと言ったので、僕たちは午後の残りをプールで過すことにした。水は温かく、蜂《はち》が水面ぎりぎりまで飛んでくることをのぞけば、とても気持ちがよかった。平泳ぎのできないマヌエルはクロールで、クロールのできない僕は平泳ぎで泳ぐ。鳥が木々のあいだから、ツピーッ、ツピーッとかん高い声をはりあげて鳴き、どこか見えない場所では、芝刈機が低くうなっている。僕たちは泳いでは休み、休んではまた泳いだ。

「今夜の夕食だけど」

あたたまったコンクリートに腹ばいになり、僕は言った。

「ここの食堂で食べてみるっていうのはどうかな」

隣でおなじ姿勢をとっていたマヌエルは、顔だけ僕に向け、

「なぜ」

と不審そうに訊き返す。

「なぜってこともないんだけど、そうしたい気がするんだ」

エレナに咎《とが》められたせいなのか、頭をすっぽりビニール・キャップでおおっていたフラヴィアのせいなのか、自分でもわからない。べつな店を予約してあることは知っていたので、マヌエルに文句を言われるだろうと身構えた。

「いいよ」

マヌエルは、でもあっさりと言った。

「そうしたいのなら、そうするべきだろうな」

と。僕はすこし拍子抜けした。仰向けになり、腕をかざして夕方の——妙にきらきらした——日ざしをさえぎる。

「暑い土地だね」

「うん。暑い土地だ」

マヌエルはこたえ、また水に飛び込む。ほとんど飛沫をあげずに、ぽちゃんと、鰯《いわし》みたいに軽々と。

食堂での夕食は、七時からと決められていた。

「まるで寄宿学校だな」

マヌエルは言ったけれど、それは批判というよりおもしろがっている口調だった。僕たちが十五分遅れてそこに行くと——シャワーのあと、僕がマヌエルの誘惑に屈してしまったからなのだが——、三世代に亘《わた》る家族づれ一組と、中年新婚夫婦の夫が一人で、すでに食事を始めていた。

「妻がいないね」

「逃げられたのかな」

僕たちは勿論囁き合った。

食堂は、朝とは違うふうに見えた。糊《のり》のきいたクロスと、一つずつのテーブルで揺れるキャンドルの灯り。

「こんばんは」

迎えてくれたフラヴィアは、歩くたびに裾《すそ》の揺れる、やわらかそうな黒いワンピースを着ていた。髪も優雅に波打っている。今朝の女性はやはり別人だったのではないかと、僕は疑わずにいられなかった。

エレナの姿は見えなかったが、花はたしかにそこにあった。キャンドルの灯りのせいで、白なのか薄い黄色なのか判然としない、小さく華奢《きやしや》な野の花だった。

「きょう、旧市街でね」

ビールをのみ、オリーブをつまんで、僕は言った。

「きみと別れることを考えたよ。まあ、現実としてじゃなく想像としてだけどね」

沈黙がおりたのは一瞬だけだった。マヌエルが驚いた顔をしたのも。

「それで？」

軽く眉《まゆ》をあげてみせてから、マヌエルは先を促す。

「それだけだよ」

僕はこたえる。あまり悲しくなかったことは言わなかった。むしろ自由な、勇敢な気持ちになったことも、自由で勇敢な僕の目に、マヌエルが依然として、世界でいちばん放っておけない男に見えたことも。

「首はつながったってことか？」

マヌエルは愉《たの》しそうに言う。

料理は、どれも素朴で健康的な味がした。ミルク菓子と呼びたいほどみずみずしいヤギのチーズとか、青菜とじゃがいも、パンと玉子の入った野菜スープとか。

僕は思うのだけれど、おなじものをたべるというのは意味のあることだ。どんなに身体を重ねても別の人格であることは変えられない二人の人間が、日々、それでもおなじものを身体に収めるということは。

僕たちは十全にそれをした。

食後にでてきた黄色いお菓子を、一口たべて、でも僕たちはひるんだ。蜜びたしになっていたからだ。気が遠くなるほど甘い。しかも巨大だった。僕はひるんだマヌエルを見て、マヌエルはひるんだ僕を見て笑う。

「素材そのものの味がするね」

僕は正直に感想を述べた。素材、というのは砂糖のことだ。砂糖と卵黄、それに砂糖を濃く煮詰めた蜜《みつ》の。

「徹底して健康的だな。大地の味だ」

マヌエルも応じる。

「たべるのに力がいるね」

もしマヌエルがそばにいてくれなかったら、僕はフラヴィアの「母仕込み」だというそのお菓子を、一つまるまるは到底たべきれなかっただろう。たべ終ったときには、骨まで砂糖づけになった気分だったけれど、どこもかしこも丈夫になった気もした。

「僕はきみが誇らしいよ」

僕は言い、

「俺も俺が誇らしいよ」

とマヌエルがこたえる。気がつけば僕たちは食堂に残った、最後の客になっていた。

次の朝、母屋《おもや》の前にエレナの姿はなかった。食堂の夕食がおいしかったことを伝えたいと思っていたので残念だったが、蟻《あり》たちは誰につつかれることもなく、思うさま右往左往している。午前九時。きょうも地面が焦《こ》げるほど暑い日になりそうだった。

僕たちは朝食を終え、部屋に戻って荷物を詰めた。ぶ厚い窓ガラス越しに、いつのまにか見慣れてしまった緑が見える。

僕たちはまだここにいるのに――寝乱れたベッド、丸めたバスタオル、エアコンの冷気、吸殻のたまった灰皿――、もうここにいないような気がした。あるいは、そもそもここにいるはずがないのに、どういうわけか出現しているみたいに。

歯を磨き、車に荷物を積む。リスボンの街が恋しかった。アパートが、カフェが、塩茹でのかたつむりと路面電車が恋しかった。

フロントにはフェルナンがいた。母屋の中は、僕たちが到着したときとおなじくらいしんとしていて、窓扉の閉《た》てきられたバーは勿論、朝食の残骸《ざんがい》が散らかったままの食堂にも人けはない。

「やあ、おはよう。チェックアウトかな」

潑剌《はつらつ》とした声音で、フェルナンは言い、パソコンをたたく。

「マヌエル・ブラガ？　三泊四日だね。満足のいく滞在だっただろうか、何も問題のない？」

「ええ、それはもう」

マヌエルがこたえる。とても快適でした、お陰さまで、と、礼儀正しく。

「きょうはお嬢さんは？」

僕は横から口をはさんだ。フェルナンは、パソコンが急に口をきいたとでも言いたげな顔で僕を見て、

「エレナのことかな。あの子はほんとうにお転婆《てんば》でね。今朝蜂にさされて、家内が病院に連れて行ったよ。蜂の巣に近づいちゃいけないと何度も言ってきかせていたのに――」

「蟻じゃなくて蜂ですか？」

くだくだしい説明をさえぎって訊くと、フェルナンは口をきくパソコンよりもっと奇妙な物を見るような目で僕を見て、両腕を広げ、

「蜂だよ。ここには蟻もいるけれど蜂もいるんでね」

と、言った。

「それで、大丈夫なんですか？」

マヌエルが正しい質問をする。

「大丈夫だよ、ありがとう。さっき家内が電話でそう知らせてきた」

フェルナンも正しいこたえ方をした。

「ここでは珍しいことじゃない。あの子にしても、しょっちゅう何かにさされている。病院に連れて行くのは念のためでね」

クレジット・カードの伝票がさしだされ、マヌエルがサインをする。

「きみたちもまだ旅を続けるなら気をつけた方がいい。ここは」

フェルナンはふいに言葉を切り、失礼、と断ってからくしゃみをして、

「ここはアレンテージョなんだから」

と言った。

僕たちは気をつけると約束しておもてにでた。でると同時に、マヌエルは煙草《たばこ》に火をつける。

「よおおおし、リスボンへ帰るぞ」

マヌエルが言った。僕も勿論おなじ気持ちだったけれども、

「ちょっと待ってて」

と言い置いて母屋に戻った。バックパックから手帖を取りだし、豚のスケッチの頁《ページ》を破りとって余白に名前を走り書きする。エレナに渡してほしいとフェルナンに頼んだ。フェルナンの目に僕は、口をきくパソコンよりもっと奇妙なものよりもっと突飛なもの、に映ったに違いない。

売れているとは言い難いけれど、僕は絵を――現実的には商業出版物にイラストを――描いて生計を立てている。名刺がわりに置いて行けば、いつか――たとえばエレナが家出を成功させた暁にでも――、再会できないとも限らないから。

「酔狂だなあ、俺ならフラヴィアの方がいいけどな」

マヌエルが満更冗談でもなさそうな口ぶりで言う。

駐車場のわきの、丈高くのびた雑草のあいだに、小さな花がいくつも顔をのぞかせていた。

付記

「おそ夏のゆうぐれ」は、もともと某お菓子メーカーの、チョコレートを買って応募するともらえる冊子のために書いた小説でした。いわばチョコレートの「おまけ」みたいなものであり、それは、私にとって特別な名誉でした。

「夕顔」は、六人の作家が源氏物語の現代語訳を競作する、という「新潮」の企画で書いた一編です。紫式部という平安時代の小説家の自由すぎるほど自由なスピリットに、訳しながら直接触れられてたのしかった。ビビッドな物語だなあと思います。

「アレンテージョ」は実際にポルトガルに取材に行って書いた小説です。勿論《もちろん》フィクションですが、あのおばあさんたちは実在します。

短編小説を書くことは、いつも旅に似ています。

江國香織

解説　寄る辺ない心地良さ

朝吹真理子

私が通っていた高校の教室の後方は一段高くなっていて、開閉のできない腰窓があった。その段の上に座って腰窓に寄りかかり、本を読んだり、クラスメイトとおしゃべりをしていた。段の上にはみなの持ち物がいつも散乱していた。通っていたのは女子校だったから、誰かが干したスポーツ用のブラジャーや、制汗剤、バトン部の子が練習のときに使うＭＤコンポ、学期中に一度でも洗われた気配のない体操着やジャージがぐちゃぐちゃにまるめられて置かれてあった。その一角に、自由に貸し借りできる本を置いておくコーナーが自然発生的にできていて、授業に退屈すると、適当にそこから本を引き抜いては読んだ。漫画や雑誌といっしょに、アガサ・クリスティや、谷崎潤一郎《じゅんいちろう》、発売されたばかりのミステリーの新刊本、エッセイ、年代もジャンルも、かなりばらばらだった。読書家の同級生が、ある日、まとめて本を置いていった。彼女が置いた新しい本のなかに、虹色の蝶々《ちょうちょう》のようなリボンが描かれた文庫本があった。

『つめたいよるに』というタイトルで、その静謐《せいひつ》なタイトルにどこか不穏な感触があって、惹《ひ》かれて手に取った。はじめはホラーだと思っていた。いまも、半分くらいは、そう思っている。そこで江國香織の名前をはじめて知った。その読書家の同級生は江國香織のファンになり、作品の数は日ごと増えてゆき、授業中、教科書のうえに江國香織の文庫本を重ねおいてこっそり読んでいるクラスメイトのすがたを、みかけていた。

高校生のときに作品をどの順に読んでいったのか、こまやかな話の筋は忘れているのに、小説のなかで、女性がLa perlaというイタリアの下着を身につける描写があって、そのメーカーの名前もはじめて聞いたのに、書かれている文字が、色っぽく響いたのだった。その下着を身につける人間がどういう女性なのか、その女性の背景や、瞬間の光景が、下着をつけるという所作だけなのに、はっきりとよぎる。高校時分の私は、恋愛という現象自体はよくわからず、感情のことは、想像するほど遠いもののように思えていた。それでも、ただ、文字の向こうの女性のすがたが鮮烈にみえたのだった。小説に何が書かれてあるのか、ということは重要なことではないと思うようになった。人と人が同じ時と場所を共有して、ものを食べたり、ことばを交わしたりする。その瞬間の、相手の何気ない仕草や所作が、ことばの精確さによってなのか、遠くの花の匂《にお》いが風で流れてきて、ふいに自分のもとに香ってくるように、文字が流れてきて、書かれていた人のすがたがありありと目の前にあらわれることに、はっとするのだった。

『真昼なのに昏《くら》い部屋』のなかで、「スーツにかけられたビニール袋が、歩調に合わせてさりさりと鳴」った、ということばに遭遇したとき、あの聞き慣れたはずの摩擦音をはじめて発見したという感じがした。その、「さりさり」という表現は、私の奥深くに食い込み、ポリ塩化ビニールでできた袋をみると「さりさり」というひらがなの文字列ごと、毎回、浮かんでくるのだった。私にはあのビニール製の袋の音は「さりさり」とは聞こえないのに、「さりさり」という音を聞きなしたジョーンズさんのすがたははっきりと浮かぶのだった。ことばを読むと読んだ人の内面は浸食される。ジョーンズさんのことばとして毎度思い出すようになるというのは、恐ろしいことだと思う。

『犬とハモニカ』の、それぞれ6つの短篇のなかで、時代も国籍もみなばらばらである人々の、一瞬に、寄る辺ないさびしさがある。「おそ夏のゆうぐれ」で、志那《しな》が恋人の一部を食べる。海の風味のする、うすく削《そ》がれた皮膚を食べて「あたしの身体の一部は至《いた》さんだ」と思う。恋人も彼女を愛《いと》しく思い、ポケットナイフでていねいに自分の皮をむいて志那に皮膚を食べさせる。その様子が、なおさらふたりが他人同士だという感じにさせる。皮膚を食べ合うように、人と人は同じ空間にいると、内面を侵食しあう。それは、反対に、徹底的に人間というのはひとりのもので、寄る辺がない、ということを感じる。

「犬とハモニカ」で妻と子供を迎えに成田空港までぬいぐるみのハムとともに車を走らせている男の少し疲労したすがたに、これまで生きていた時間の輪郭がみえる。「ピクニック」では結婚して5年になるのに夫の名前をおぼえられない妻と、夫婦二人で青く茂った芝生に寝転んでピクニックをする。同じ体験が増えるごとに、なおのこと寄る辺のなさが際立《きわだ》つ。誰かがいなくてさびしい、という対象のあるものではなくて、登場する人々は、みなそれぞれ家族や恋人がいようといまいと、かわらずに孤独で、生まれてきたことへの諦念《ていねん》が漂う。「アレンテージョ」のなかの、茹《う》だるような夏や、泊まっているコテッジのほこりっぽさ。少しくすんだ呼び鈴の音もはっきりと聞こえた。一度も訪れたことがないのに、ポルトガルの、蜜《みつ》のようなとろんとした暑い陽がこちらにさしこむ。どこか不穏な感じのする宿を営む家族。家出ばかり試みるやせぎすの少女エレナ。彼女のことは多く書かれることはないのに、読み終えてからもずっと、彼女の失敗に終わる家出を繰り返すすがたや、人生の行く末のことを、考えてしまう。花の植わった庭の前で、少し陰のかかった日で、鋏《はさみ》をもっているエレナのすがたがよぎる。恋人のマヌエルとルイシュが、少しさざなお店で食事をする。その空間自体を茶化すように、「構わないじゃないか。まったく構わないよ」と、ふたりのあいだだけでしか通じない言葉を交わす。会話の内容はもぬけのからで、リズムや音をとりかわしている。話に内容は関係がなくて、ただ瞬間を共有する。それは、恋愛関係にかぎらず、「犬とハモニカ」でも、「カーサ」と、老婦人が外国人の青年に別れ際にくちにする意味の抜け落ちた音声にもかさなる。互いを愛し合っているはずなのに、すれ違いつづけるマヌエルとルイシュが、道ばたでみかける、一列に並ぶ八人の老女。おなじようなプリントドレスで、おなじ姿勢で、等間隔に座り、一列に並んでいる。その老女たちのすがたを、みる、ということを共有する。べつべつの人間が、おなじものを、みる。そしてまたそれぞれ違うことを思う。そういう瞬間の連続が流れてゆく。生きることの寄る辺なさが心地良く思える。

（平成二十六年十一月、作家）

この作品は平成二十四年九月新潮社より刊行された。

新潮文庫最新刊

仁木英之著
鋼の魂
―僕僕先生―
唐と吐蕃が支配を狙う国境地帯を訪れた僕僕一行。強国に脅かされる村を救うのは太古の「鋼人」……? 中華ファンタジー第六弾！

仁木英之著
僕僕先生 零
遥か昔、天地の主人が神々だった頃のお話。世界を救うため、美少女仙人×ヘタレ神の冒険が始まる。「僕僕先生」新シリーズ、開幕。

秋田禎信著
ひとつ火の粉の雪の中
鬼と修羅の運命を辿る、鮮烈なファンタジー。若き天才が十代で描いた著者の原点となる幻のデビュー作。特別書き下ろし掌編を収録。

榎田ユウリ著
ここで死神から残念なお知らせです。
「あなた、もう死んでるんですけど」――自分の死に気づかない人間を、問答無用にあの世へと送る、前代未聞、死神お仕事小説！

北大路公子著
最後のおでん
―ああ無情の泥酔日記―
財布を落とす、暴言を吐く、爽やかに記憶をなくす。あれもこれもみんな酒が悪いのか。全日本の酒好き女子、キミコのもとに集え！

パラダイス山元著
読む餃子
包んで焼いて三十有余年。会員制餃子店の主にして餃子の王様が、味わう、作る、ふるまう！ 全篇垂涎、究極の餃子エッセイ集。

犬《いぬ》とハモニカ

新潮文庫　え－10－18

平成二十七年一月一日発行

著　者　江《え》國《くに》香《か》織《おり》

発行者　佐藤隆信

発行所　株式会社　新潮社

郵便番号　一六二―八七一一
東京都新宿区矢来町七一
電話　編集部(〇三)三二六六―五四四〇
　　　読者係(〇三)三二六六―五一一一
http://www.shinchosha.co.jp

価格はカバーに表示してあります。

乱丁・落丁本は、ご面倒ですが小社読者係宛ご送付ください。送料小社負担にてお取替えいたします。

印刷・大日本印刷株式会社　製本・加藤製本株式会社

ISBN978-4-10-133928-3 C0193